HEYNE
BÜCHER

Das Buch

Die 1979 von der britischen Komikertruppe »Monty Python« gedrehte Jesus-Persiflage *Das Leben des Brian* ist heute längst zum Kultfilm avanciert. Die heftigen Proteste von Kirchenleuten gegen die angeblich blasphemische Darstellung des Messias-Lebens hatte dem Film seinerzeit willkommene Publicity eingebracht. Das »Monty-Python«-Sextett nahm sich in dem Streifen jedes nur denkbare Klischee der gängigen Monumentalschinken zum Bibelstoff vor, um es genüßlich durch den Kakao zu ziehen. Was herauskam, ist eine deftige Groteske, eine Maschinengewehrsalve von durchaus nicht immer zimperlichen Gags – eben eine höchst respektlose Blödelei zum Neuen Testament, aber nach »Monty-Python«-Manier mit Hintersinn. Wohlbekannter Höhe – und Schlußpunkt der tiefschwarzen Satire ist eine Massenkreuzigung, bei der die Delinquenten frohgemut das von Eric Idle geschriebene »Always look on the bright side of life« singen und pfeifen. Empfindlichen Gemütern sei vom hier schwarz auf weiß vorliegenden Filmdrehbuch samt einiger »Apokrypher Szenen« dringend abgeraten.

Die Autoren

Monty Python, »die Beatles der Komik«, bestanden aus Graham Chapman (†), John Cleese, Terry Gilliam, Terry Jones, Michael Palin und Eric Idle und begründeten mit ihrem Fernsehprogramm *Monty Python's Flying Circus* Ende der sechziger Jahre eine neue Art von Komik, in der sich gelehrteste Anspielungen mit bodenlosen Scherzen und gezielten Geschmacklosigkeiten verbanden. Der erste richtige Kinofilm war *Monty Python and the Holy Grail* (1974), es folgten *The Life of Brian* (1979), *Monty Python Live at Hollywood Bowl* (1982) und *The Meaning of Life* (1984). Ende der siebziger Jahre wandten sich die Mitglieder der Truppe vermehrt eigenen Projekten zu.

Im Haffmans Verlag erschienen: Monty Python, *Monty Python's Flying Circus/Sämtliche Worte · Band 1* (1993), *Monty Python's Flying Circus/Sämtliche Worte · Band 2* (1993), *Der Sinn des Lebens* (1993), John Cleese & Charles Crichton, *Ein Fisch namens Wanda* (1989), Michael Palin, *Von Pol zu Pol* (1993).

MONTY PYTHON

DAS LEBEN BRIANS

DREHBUCH
UND APOKRYPHE SZENEN

Aus dem Englischen
von
Michel Bodmer

WILHELM HEYNE VERLAG
MÜNCHEN

HEYNE ALLGEMEINE REIHE
Nr. 01/8856

Für Keith Moon

Die Originalausgabe erschien 1979 als Doppelband
»The Life of Brian/Montypythonscrapbookofbrianofnazareth«
bei Methuen London.

Der Verlag dankt Prominent Features für die Standfotos.

Einzig berechtigte Taschenbuchausgabe
Wilhelm Heyne Verlag GmbH & Co. KG, München
Printed in Germany 1994
Umschlaggestaltung: Atelier Ingrid Schütz, München
Gesamtherstellung Ebner Ulm

ISBN 3-453-07154-9

Inhalt

Das Leben Brians
DREHBUCH

Das vorliegende Drehbuch entspricht der Fassung, die zu Drehbeginn vorlag, und enthält deswegen auch zwei Sequenzen, die zwar gedreht wurden, aber Kürzungen zum Opfer fielen.

Der Nachthimmel. Drei Kamele, Silhouetten vor den hellen Sternen am mondlosen Firmament, ziehen langsam über den Horizont. Ein Stern führt sie gen **Bethlehem.** Die Drei Weisen reiten durch das Tor der schlafenden Stadt und weiter durch die menschenleeren Straßen. Ein Hund knurrt sie an. Sie nähern sich einem erleuchteten Stall; Licht strömt ihnen entgegen. Sie sitzen ab, treten ein und finden die typische Szene vor, mit einem Kindlein, in einer roh gezimmerten Krippe auf Stroh gebettet, und geduldig herumstehenden Tieren. Die Mutter döst neben dem Kind. Plötzlich schreckt sie auf aus ihrem Nickerchen, sieht die Weisen, kreischt auf und fällt rücklings von ihrem Strohhaufen herunter. Blitzschnell hat sie sich wieder aufgerappelt und blickt die drei argwöhnisch an. Sie ist eine Schreckschraube.

MANDY Wer seid ihr?

ERSTER WEISER Wir sind Astrologen. Wir kommen aus dem Osten.

MANDY Soll das so ne Art Witz sein?

ERSTER WEISER Wir möchten das Kindlein preisen.

ZWEITER WEISER Wir müssen ihm huldigen.

MANDY Huldigen!! Ihr seid total besoffen, das ist es. Einfach widerlich. Raus, raus.

DRITTER WEISER Nein, nein.

MANDY Kommt hier reingeplatzt in aller Herrgottsfrühe, mit irgendwelchem Gewäsch über orientalische Wahrsager . . . raus mit euch.

ERSTER WEISER Nein. Nein, wir müssen ihn sehen.

MANDY Geht das Gör von jemand anderem preisen, los.

ZWEITER WEISER Ein Stern hat uns hergeführt.

MANDY Ein Stern! Sternhagelvoll seid ihr. Raus mit euch!

ZWEITER WEISER Wir müssen ihn sehen. Wir haben Geschenke mitgebracht.

MANDY Raus.

ERSTER WEISER Gold, Weihrauch und Myrrhe.

Mandy macht eine aalglatte Wende.

MANDY Na, warum habt ihr das nicht gleich gesagt? Er ist da drüben ... Tut mir leid, es ist nicht aufgeräumt. Was ist das überhaupt, Myrrhe?

DRITTER WEISER Das ist ein wertvoller Balsam.

MANDY Ein Balsam, wozu gebt ihr ihm einen Balsam? Der könnte ihn beißen.

DRITTER WEISER Was?

MANDY Das ist ein gefährliches Tier. Schnell, schmeißt es in den Trog.

DRITTER WEISER Nein, das ist es nicht.

MANDY Ist es doch.

DRITTER WEISER Nein, nein, es ist eine Salbe.

MANDY Eine Salbe?

DRITTER WEISER Sieh her.

MANDY *nimmt mit schmuddeligem Finger eine Probe von der Salbe* Ach so. Es gibt doch ein Tier, das Balsam heißt, oder hab ich das geträumt? Astrologen, wie? Na schön, was ist er denn?

ZWEITER WEISER Hmm?

MANDY Was ist er für ein Sternzeichen?

ZWEITER WEISER Steinbock.

MANDY So, Steinbock? Wie sind die denn so?

ZWEITER WEISER Er ist der Sohn Gottes, unser Messias.

ERSTER WEISER König der Juden.

MANDY Das also ist ein Steinbock, wie?

DRITTER WEISER Nein, nein. Das ist nur er.

Mandy Ach so, ich wollte eben sagen, dann gäb's ja ne ganze Menge davon.

Die Drei Weisen sind auf die Knie gefallen.

Zweiter Weiser Welchen Namen hast du ihm gegeben?

Dramatischer Musikeinsatz.

Mandy . . . Brian.

Die Drei Weisen Wir beten dich an, o Brian, der du Herr über uns alle bist. Lobpreis sei dir, Brian und dem Herrn, unserem Vater. Amen.

Mandy Macht ihr so was öfter?

Erster Weiser Was?

Mandy Diese Preiserei.

Erster Weiser Nein, nein, nein.

Mandy Ach so. Na ja, wenn ihr wieder mal vorbeikommt, schaut doch herein.

Sie verstehen den Wink und erheben sich.

Mandy Und vielen Dank auch für das Gold und den Weihrauch, aber . . . wegen der Myrrhe braucht ihr euch nächstes Mal keine Mühe zu machen. Danke schön. Wiedersehen. *Zu Brian* Na, die waren doch ganz nett . . . total bescheuert, aber trotzdem . . .

Im Hintergrund sehen wir die Drei Weisen vor einer Tür innehalten, wo sie in ein sanftes Strahlen getaucht werden. Sie sehen einander an, beraten sich, um dann wieder hereinzustürzen, Mandy die Geschenke wegzugrapschen und sich wieder davonzumachen, wobei sie Mandy über den Haufen rennen.

Mandy He, he, das gehört mir, das habt ihr mir eben erst geschenkt. Aua.

Schnitt zurück nach draußen, auf die Straße nach Bethlehem. Die Drei Weisen treten aus dem Stall und in ein sanftes Licht. Sie blicken in die Richtung, aus der das Licht erstrahlt, und ein Schwenk enthüllt uns die archetypische Krippenszene mit Maria, Joseph und dem Jesukind. Die Drei Weisen treten ins Bild und fallen auf die Knie.

Schnitt zurück zu Mandy und ihrem Gör. Es brüllt. Mandy scheuert ihm eine.

Anfangstitel:

Monty Pythons Das Leben Brians

Die Musik schwillt an – auf Teufel komm raus.

Brian . . . das Kindlein namens Brian
Wuchs . . . und wuchs und wuchs und wuchs und ward
Ein Knabe namens Brian
Ein Knabe namens Brian

Er hatte Arme und Beine und Hände und Füße
Dieser Knabe mit Namen Brian
Und er wuchs und wuchs und wuchs heran
Wuchs heran und ward
Ein Teenager namens Brian
Ein Teenager namens Brian
Und sein Gesicht ward picklig
Ja, sein Gesicht ward picklig
Und seine Stimme ward voller
und es sproß immer toller
Auf Jung-Brian, als woll' er
Beweisen, er sei doch
Kein Mädchen namens Brian
Nein, kein Mädchen namens Brian

Und er tat sich rasieren
Und oft onanieren

Und Mädchen ausführen
Und viel pokulieren
Dieser Mann namens Brian
Dieser Mann namens Brian

Die Kamera schwenkt langsam über eine weite, offene Landschaft. Hunderte von Menschen sind langsam unterwegs zu einem fernen Hügel. Wir sehen Kamele und Esel, die von dunkelhäutigen Menschen geführt werden, manche reiten, andere gehen zu Fuß, alle steuern auf einen Punkt außerhalb unseres Gesichtsfelds zu.
Wir sind jetzt oben in den Hügeln, und der Schwenk wird weitergezogen, während die Menge größer wird und der Eindruck, sie drängten einem Ziel entgegen, sich verstärkt.
Zwischentitel:

Judäa, A.D. 33
Samstag nachmittag
Etwa zur Teezeit

Wir hören die ferne Stimme Jesu Christi zu uns herwehen, und nach einem Schnitt sehen wir ihn auf einer Hügelkuppe stehen. Wie die Kamera zurückfährt, sehen wir Tausende von Menschen, die seinen Worten lauschen.

Jesus Christus Selig sind, die da geistlich arm sind, denn das Himmelreich ist ihr. Selig sind, die da Leid tragen, denn sie sollen getröstet werden. Selig sind, die da hungert und dürstet nach der Gerechtigkeit, denn sie sollen satt werden ...

Christi Stimme wird leiser, während die Kamera von ihm zurückfährt und den gewaltigen Umfang der Menschenmenge enthüllt. In der Nähe, etwas abseits, aber aufmerksam, steht ein großes Kontingent römischer Soldaten in enggeschlossenen Reihen, bewaffnet, un-

gerührt, fremdländische Soldaten im Wochenend-sonderdienst, die eine große und potentiell antirömische Menschenmenge im Auge behalten.
Wir sind jetzt weit von Jesus entfernt, auf einem anderen Hügel am hinteren Rand der Menschenmenge; Jesu Stimme wird vom Winde verweht und ist kaum noch zu hören. Die Leute müssen sich anstrengen, um ihn verstehen zu können. Die Kamera bleibt bei Mandy stehen, die inzwischen dreiunddreißig Jahre älter ist, aber nach wie vor eine Schreckschraube.

MANDY Lauter!

BRIAN Mama! Sschh!

MANDY Ich versteh ja kein Wort! Gehen wir lieber zur Steinigung.

DICKNASE Sschh!

BRIAN Steinigungen gibt es doch alle Tage zu sehen.

MANDY Ach, komm schon, Brian!

DICKNASE Seien Sie endlich still.

FRAU DICKNASE Hör auf zu popeln.

DICKNASE Ich hab nicht gepopelt . . . ich hab mir die Nase gekratzt.

FRAU DICKNASE Du hast gepopelt, wie du mit der Dame gesprochen hast.

DICKNASE Hab ich nicht.

FRAU DICKNASE Laß die Finger davon . . . hör auf damit . . .

HERR DREIST Ich muß doch sehr bitten . . . Ich versteh kein Wort von dem, was er sagt.

FRAU DICKNASE Von Ihnen laß ich mich nicht bitten . . . Ich sprech mit meinem Mann.

HERR DREIST Na, dann gehen Sie woanders mit ihm sprechen! Ich versteh kein einziges Wort, verdammt noch mal!

DICKNASE Unterstehen Sie sich, meine Frau zu beschimpfen!

HERR DREIST Ich hab sie nur gebeten, die Klappe zu halten, damit wir hören können, was er sagt, du Dicknase.

FRAU DICKNASE Nennen Sie meinen Mann nicht »Dicknase«.

HERR DREIST Er hat nun mal eine dicke Nase.

Plötzlich dreht sich ein betuchter Jude um, der eine Toga trägt. Er hat ständig Scherereien damit und muß sie laufend zurechtzupfen. Seine Stimme klingt sehr gebildet. Ein kleiner Junge hält ihm einen großen Sonnenschirm über den Kopf. Der Mann heißt Gregory, und er macht einen Ausflug mit seiner Frau.

GREGORY Könnten Sie bitte still sein? *zu Herrn Dreist* Was war das eben?

HERR DREIST Weiß ich nicht . . . Ich war zu sehr damit beschäftigt, mit Dicknase zu sprechen.

MANN WEITER VORN Ich glaube, es hieß »Selig sind, die ein Kleid tragen«.

GREGORYS FRAU Was ist so besonders daran, ein Kleid zu tragen?

GREGORY Das darf man nicht so wörtlich nehmen. Offensichtlich ist damit jede Form von Gewand gemeint.

HERR DREIST *zu Dicknase* Siehst du – wenn du nicht gequatscht hättest, hättest du das auch mitgekriegt, Dicknase.

DICKNASE Du, wenn du das noch einmal sagst, schlag ich dir deine scheiß Fresse ein.

HERR DREIST Solltest besser hinhören . . . könnte ja heißen, »Selig sind die Dicknasen«.

BRIAN Ach, lassen Sie ihn doch.

HERR DREIST *nimmt Brian aufs Korn* Du bist auch nicht übel, Kolbenkopp. Woher kommt ihr beiden? Aus Rüsselsheim?

DICKNASE Hör mal! Ich hab gesagt, noch einmal ... Freundchen, und ich mach dich echt zur Schnecke.

FRAU DICKNASE Pfui, schäm dich! Und hör auf zu popeln!

DICKNASE Ich wollte gar nicht popeln. Ich wollte ihm eine reinsemmeln.

ANDERE PERSON Ich glaube, es hieß, »Selig sind die Trantütigen«.

GREGORY Die Trantütige?

ANDERE PERSON Anscheinend soll die mal das Erdreich besitzen.

GREGORY Hat jemand ihren Namen mitgekriegt?

DICKNASE Wenn der mich noch einmal Dicknase nennt, kriegt er eine reingesemmelt.

HERR DREIST Ach, halt die Klappe, Dicknase.

DICKNASE Oho! Na schön, ich habe dich gewarnt ... Du kriegst so eine reingesemmelt ...

FRAU DICKNASE Ach, die Sanftmütigen meint er ... Selig sind die Sanftmütigen! Das ist aber schön, freut mich, daß die auch mal was kriegen sollen, die haben es nämlich verdammt schwer.

HERR DREIST Hör mal ... Ich sag doch bloß die Wahrheit ... du hast eine sehr dicke Nase.

DICKNASE *versucht verzweifelt, seine Wut im Zaum zu halten* Wenn ich mit dir fertig bin, ist deine Nase einen Meter breit über dein Gesicht verteilt.

HERR DREIST Wem hast du denn deine zu verdanken? Goliaths großem Bruder?

DICKNASE Oooh ... uuuh ... arrgh ... aah ... *mit übermenschlicher Beherrschung* Ich warne dich zum letzten Mal ...

GREGORYS FRAU Ach, haltet doch d ...

Dicknase läßt einen allmächtigen Faustschlag vom Stapel und trifft Gregorys Frau voll ins Gesicht. Fürchterliches Krachen von Faust gegen Knochen. Ein allgemeines Getümmel bricht aus.

DICKNASE Blöde Kuh, was stehst du mir auch im Weg.

MANDY Brian! Komm, wir gehen zur Steinigung.

BRIAN Na schön.

Mandy entfernt sich, Brian folgt ihr widerwillig. Römische Soldaten treten hinzu, um die Streithähne zu trennen. Jetzt sehen wir, daß Brian sein Augenmerk auf eine recht attraktive junge Frau gerichtet hat, die bei einem Grüppchen von drei bierernsten jungen Männern steht, deren Kleidung sich von allen anderen unterscheidet. Auch sie sind im Aufbruch begriffen.
Während Brian seiner Mutter folgt, macht er einen Bogen zu dem Grüppchen hin, die Augen immer auf dem Mädchen. Wir schnappen folgende Unterhaltung auf.

FRANCIS Selig sind offenbar so ziemlich alle, die ein persönliches Interesse an der Aufrechterhaltung des Status quo haben, wenn du mich fragst, Reg.

REG Jesus übersieht geflissentlich, daß die Sanftmütigen die Wurzel des Problems sind.

JUDITH *das Mädchen, das Brian so bewundert* Aha ... aha ... ach so ...

Judith ertappt Brian dabei, wie er sie anschaut, und Brian senkt hastig den Blick. Im selben Augenblick dreht sich Mandy um.

MANDY Komm schon, Brian, sonst ist er gesteinigt, bevor wir da sind.

Brian geht eilig weiter, unwillkürlich seine Nase befingernd.

BRIAN Schon gut, Mama.

Szenenwechsel: Mandy und Brian gehen unter ein paar Dattelpalmen auf die Stadt zu; Mandy fummelt an einem offensichtlich falsch aussehenden Bart herum, den sie sich vors Gesicht hängt.

MANDY Ach, ich hasse diese Dinger.

BRIAN Warum dürfen Frauen nicht zu Steinigungen gehen, Mama?

MANDY Weil es so geschrieben steht, darum.

Sie nähern sich der Bude von Harry, dem Steinhändler. Seine Steine sind nach Form und Größe geordnet zum Verkauf ausgelegt. In spitzen Tüten gibt es assortierte Kiesel. Eine ältere Frau, die unter dem Gewicht eines riesigen Esels auf ihren Schultern fast vollständig vornübergebeugt ist, wankt vorbei. Der Steinhändler klappt blitzschnell seinen Mantel auf und enthüllt reihenweise falsche Bärte, die am Innenfutter aufgehängt sind.

HARRY Psst! Bart, Madame?

ESELFRAU Hören Sie, für Steinigungen hab ich jetzt keine Zeit – *Sie nickt zum Esel hin.* Ihm geht's wieder mal nicht gut.

Der Steinhändler wendet sich Mandy und Brian zu.

HARRY *zu Mandy* Steine gefällig, der Herr?

MANDY Nein, danke. Da vorn gibt es eine ganze Menge davon, die liegen auf dem Boden herum.

HARRY Aber keine wie die hier, mein Herr ... *Er zeigt einen vor.* Sehen Sie mal – fühlen Sie diese Qualität – erstklassiges Handwerk, mein Herr.

Mandy bleibt stehen und begutachtet den Stein. Sie wiegt einen in professioneller Manier in der Hand.

Mandy Also gut, dann nehmen wir zwei spitze und einen großen flachen.

Brian Kann ich einen flachen haben, Mama?

Mandy Sssch!

Brian Oh, 'tschuldigung ... Papa.

Mandy *mit tieferer Stimme* Also gut, zwei spitze, zwei flache, und ein Päckchen Kies.

Harry ... Päckchen Kies. Sollte gut werden heute nachmittag: ein Hiesiger.

Mandy Oh, schön.

Die Steinigungsstätte. Ein jüdischer Beamter mit ein paar Gehilfen stellt den zu steinigenden Matthias zur Rede. Eine große Menschenmenge sieht zu. 90% davon sind Frauen mit Bärten. Im Umkreis stehen einige römische Soldaten.

Beamter Matthias, Sohn des Deuteronomius von Gath ...

Matthias *zu einem Gehilfen des Beamten* Muß ich jetzt ja sagen?

Gehilfe des Beamten Ja.

Matthias Ja.

Beamter Du bist von den Stadtältesten für schuldig befunden worden, den Namen unseres Herrn ausgesprochen zu haben, und so sollst du als Gotteslästerer zu Tode gesteinigt werden.

Matthias Hören Sie, ich hatte gerade ganz wunderbar zu Abend gegessen, und da hab ich bloß zu meiner Frau gesagt: »Dieses Stück Heilbutt war ein Mahl für Jehova.«

Beamter Blasphemie! Er hat es wieder gesagt.

Frauen Ja, hat er.

Beamter Habt ihr das gehört?

FRAUEN Ja, haben wir. Wirklich.
BEAMTER Sind etwa Frauen da?

Die Frauen schütteln alle die Köpfe. Der Beamte wendet sich wieder Matthias zu.

BEAMTER Nun denn, kraft der Amtsgewalt, die mir verliehen ...

Eine der Frauen wirft einen Stein, der Matthias am Knie trifft.

MATTHIAS Aua. Laßt das. Es hat noch gar nicht angefangen.
BEAMTER *dreht sich um* Raus damit, wer war das? Wer hat den geworfen?

Schweigen.

BEAMTER Wer hat den Stein geworfen? Raus damit.

Einige der Frauen zeigen auf die Übeltäterin.

FRAUEN Sie war's.
Er war's.
Er.
Der da.

Dabei sprechen sie so tief wie möglich.

ÜBELTÄTERIN *mit sehr tiefer Stimme* Tut mir leid, ich dachte, es hat schon angefangen.
BEAMTER Ab nach hinten.
ÜBELTÄTERIN *enttäuscht* Oje. *Sie geht nach hinten.*
BEAMTER Es ist doch je-des-mal dasselbe, nicht wahr? Also, wo waren wir? ...
MATTHIAS Hören Sie, ich finde, das sollte nicht als Blasphemie gelten, wenn man einfach nur »Jehova« sagt!

Eine Sensation!!! Die Frauen schnappen hörbar nach Luft.

FRAUEN *mit hoher Stimme* Er hat es wieder gesagt!
mit tiefer Stimme Er hat es wieder gesagt.

BEAMTER *zu Matthias* Du machst es nur noch schlimmer für dich.

MATTHIAS Was mache ich schlimmer? Wie könnte es denn noch schlimmer werden? Jehova, Jehova, Jehova.

Eine noch größere Sensation!!!!!

BEAMTER Ich warne dich. Wenn du noch einmal »Jehova« sagst ...

Er japst ob seinem Fehltritt und schlägt sich die Hand vor den Mund. Ein Stein trifft ihn an der Schläfe.

BEAMTER So! Wer hat den geworfen?

FRAUEN *mit hoher Stimme* Sie war's. Er war's.
mit tiefer Stimme Er war's.

BEAMTER Waren Sie das?

FRAU A Ja.

BEAMTER Und ...?

FRAU A Na ja, Sie haben doch »Jehova« gesagt.

Die Frauen kreischen alle auf und beschmeißen sie aus nächster Nähe mit Steinen. Sie fällt betäubt zu Boden. Schneller Schnitt auf die Reaktion der Römer. Sie schütteln die Köpfe und raunen einander zu.

BEAMTER Aufhören. Hört auf, wollt ihr wohl aufhören. Jetzt hört mal her, hier wird keiner den andern steinigen, bis ich in diese Trillerpfeife blase. Selbst ... und das will ich ein für allemal klarstellen ... selbst wenn einer »Jehova« sagt.

Eine kurze Pause. Dann schmeißen alle Frauen Steine auf den Beamten, und er sackt zusammen. Fünf Frauen schleppen im Eilschritt einen riesigen Felsbrocken herbei und lassen ihn auf den Beamten fallen.

FRAU Volltreffer!

Alles applaudiert. Die wachestehenden Römer schütteln traurig die Köpfe.

Jerusalem, vor dem Stadttor. Eine riesige Statue von Pilatus wird auf einem Ochsenkarren vorbeigezogen. Leute gehen durch das Haupttor ein und aus. In unserer Nähe stehen ein paar alte Kreuze, an denen ein, zwei verrenkte Skelette hängen. Das ist ein gewohnter Anblick – niemand beachtet sie. Brian und Mandy gehen den riesigen, hohen Stadtmauern entlang.

BRIAN Hab ich wirklich eine dicke Nase, Mama?

MANDY Ach, denk doch nicht immer an Sex!

BRIAN Tu ich gar nicht.

MANDY Die ganze Zeit quatschst du davon! Morgens, mittags, abends! Wird das den Mädchen gefallen? Ist das zu groß? Ist das zu klein?

BRIAN Ich wollte nur wissen, ob du meine Nase ...

MANDY Schlag dir das endlich aus deinem schmutzigen kleinen Kopf! Du bist dreiunddreißig Jahre alt, da solltest du längst über diese Dinge hinaus sein!

BRIAN Ich fange aber erst an, mich dafür zu interessieren, Mama.

MANDY Du würdest dich besser für eine Arbeit interessieren, mein Junge!

Als sie durch das Stadttor treten, heftet sich ein recht muskulöser, kräftiger und gesunder junger Bettler an ihre Fersen und verfolgt sie unerbittlich durch die belebten Straßen.

EX-LEPRÖSER Ein Talent für einen alten Ex-Leprösen, der Herr.

MANDY *zum Ex-Leprösen* Schwirr ab!

Der Ex-Lepröse ist an Brians Seite getreten.

EX-LEPRÖSER *zu Brian* Ein Talent für einen alten Ex-Leprösen, mein Herr.

BRIAN Sagten Sie – Ex-Lepröser?

EX-LEPRÖSER Genau, mein Herr. *Er salutiert.* Sechzehn Jahre hinter der Bimmel und stolz darauf, vielen Dank auch, der Herr.

BRIAN Was ist passiert?

EX-LEPRÖSER Ich bin geheilt worden, mein Herr.

BRIAN Geheilt?

EX-LEPRÖSER Ja, mein Herr, ein gottverdammtes Wunder, mein Herr. Gott segne Sie.

BRIAN Wer hat Sie denn geheilt?

EX-LEPRÖSER Jesus war's. Ich kam da nichtsahnend meines Wegs gehüpft, und plötzlich steht der da und heilt mich. Eben war ich noch ein Lepröser mit einem Gewerbe, im nächsten Augenblick ist mein Lebensunterhalt futsch. Einfach so, mir nichts, dir nichts. *Er gestikuliert nach Zaubererart.* So, du bist geheilt, Kumpel, und jetzt leck mich!

MANDY Hau ab!

EX-LEPRÖSER Hören Sie. Ich sag ja nicht, daß das Leprösendasein ein Honigschlecken war. Aber so konnte ich immerhin leben. Ich meine, versuchen Sie mal, den Leuten mit braungebrannten, muskulösen Gliedmassen vor den Augen rumzufuchteln und um Mitleid zu flehen. Eine totale Pleite ist das.

MANDY Wie wär's denn, wenn du dir eine ehrliche Arbeit suchst?

EX-LEPRÖSER Hören Sie, mein Herr, meine Familie ist seit sechs Generationen im Bettelgewerbe tätig. Ich werd doch jetzt nicht auf Ziegenhirt umsatteln, bloß weil

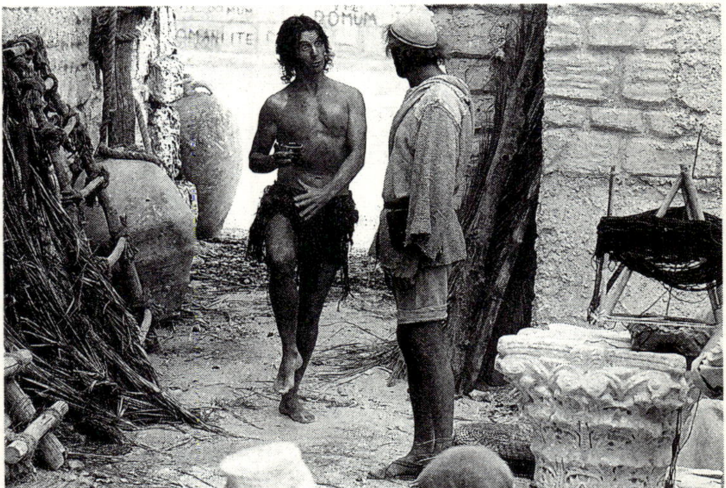
DOMUM

irgend so ’n langhaariger Zauberkünstler hier rumpfuscht. *Wiederholt die Geste.* Einfach so. »Du bist geheilt.« Scheiß Weltverbesserer!

BRIAN Warum gehen Sie nicht zu ihm und sagen ihm, daß Sie wieder ein Lepröser sein wollen?

EX-LEPRÖSER Ach so, das könnte ich natürlich, mein Herr, ja, das könnte ich wohl. Ich wollte ihn ja fragen, ob er mich . . . , na ja, bloß im einen Bein etwas lahm machen könnte, werktags, wissen Sie, etwas Bettelwürdiges, aber nicht Lepra, das ist nämlich eine ganz beschissene Plage, um es unverblümt zu sagen, mein Herr, verzeihen Sie den Kraftausdruck, aber . . .

Sie sind beim Haus von Brian und Mandy angelangt. Mandy tritt ein. Brian gibt dem Ex-Leprösen eine Münze.

BRIAN Da, bitte.

EX-LEPRÖSER Danke, mein Herr . . . Einen halben Denar für meine ganze gottverdammte Lebensgeschichte!

BRIAN Manchen Leuten kann man’s nie recht machen.

EX-LEPRÖSER Genau das hat Jesus auch gesagt.

Brian dreht sich um und geht ins Haus.

In Mandys Haus. Mandy tritt ein. Der Raum wirkt sehr karg. Er ist spärlich möbliert. Auf dem einzigen Stuhl sitzt recht unbequem ein breiter, gedrungener Zenturio. Es ist ihm offensichtlich unbehaglich.

MANDY Beeil dich, Brian. Oh!

Der Zenturio richtet sich halb auf, als Mandy eintritt.

ZENTURIO Guten Tag.

MANDY Oh, hallo, Herr Offizier . . . Ich bin gleich soweit, okay, Schatz?

BRIAN *flüstert Mandy zu* Was hat der hier verloren?

MANDY Fang jetzt bloß nicht damit an! Brian, geh räum dein Zimmer auf.

BRIAN Scheiß Römer!

MANDY *immer noch flüsternd* Jetzt hör mal zu, wenn die nicht wären, *zeigt auf den Zenturio, der voller Inbrunst seine Rüstung zu polieren beginnt,* hätten wir das alles hier *nickt mit dem Kopf zu dem leeren Raum hin* nicht, vergiß das nie.

BRIAN Aber Mutter, wir sind den Römern doch nichts schuldig.

MANDY Na ja, das stimmt nicht so ganz, Brian.

BRIAN Wie meinst du das?

Mandy blickt zum Zenturio, der immer noch an seiner Uniform herumfummelt und krampfhaft versucht, unauffällig zu wirken. Sie wendet sich wieder Brian zu und nimmt ihn beiseite.

MANDY *mit gedämpfter Stimme* Nun ... weißt du, du hast mich doch gefragt wegen deiner ... äh ...

BRIAN Meiner Nase?

MANDY Ja ... nun, es gibt einen Grund, weshalb sie ... so ist, wie sie ist ... Brian.

BRIAN Und der wäre?

MANDY Ich weiß, ich hätte es dir schon längst sagen sollen, aber ich ... nun denn, Brian ... Dein Vater ist nicht Herr Cohen.

BRIAN Das hab ich auch nie gedacht.

MANDY Solche Frechheiten verbitt ich mir! Er war ein Römer, Brian.

Dramatischer Musikeinsatz.

MANDY Er war ein Zenturio ... der römischen Armee.

Brian wirkt wie betäubt. Er greift sich unwillkürlich an die Nase.

Brian Heißt das ... du bist vergewaltigt worden?

Mandy Na ja, zuerst schon ...

Brian Wer war es?

Mandy Schwerus Noetus war sein Name ... Er versprach mir alles in der bekannten Welt ... Ich sollte nach Rom gebracht werden ... Haus am Forum ... Sklaven ... Eselsmilch ... soviel Gold, wie ich essen konnte ... und dann – als er seinen Willen mit mir gehabt hatte, wusch! Ab durch die Mitte wie die Ratte aus dem Aquädukt.

Brian So ein Saukerl.

Mandy Ein paar Monate später ging ich zur Kaserne hinunter ... »Könnte ich Schwerus Noetus sprechen?« sagte ich. »Schwerus Noetus?« sagten die – »Da hat Sie einer reingelegt, Gnädigste ... Da hat Sie einer reingelegt.«

Brian Typisch ...

Mandy *schnell* Wenn du das nächste Mal also über die »Scheiß Römer« herziehst, Brian, vergiß nicht, daß du selbst einer bist.

Brian Ich bin kein Römer, Mama, und ich werde auch nie einer sein! Ich bin ein Itzig! Ein Jüdlein! Ich bin eine Hakennase! Ich bin koscher, Mama! Ich bin ein Fußgänger vom Roten Meer, und ich bin stolz darauf!

Brian stürmt hinaus und knallt die Tür zu.
Mandy wirft dem Zenturio einen Dulderblick zu.

Mandy Sex, Sex, Sex – was anderes haben sie nicht im Kopf.

Sie geht auf den Zenturio zu.

Ein riesiges römisches Amphitheater, das spärlich besucht ist. Eine große Gruppe von Römern ist da, aber von

einer Zuschauermenge kann keine Rede sein. Soeben ist ein Kampf zu Ende gegangen, und ein paar alte Frauen sind mit Aufräumarbeiten beschäftigt: Sie heben Gliedmaßen auf, die sie in ihre Körbe stecken. Ab und zu findet eine von ihnen eine Hand mit ein paar Ringen dran, die sie dann in ihr Gewand stopft.
Brian kommt ins Bild. Er trägt einen Bauchladen und verkauft Leckereien.

BRIAN Lerchenzungen ... Zaunkönigslebern ... Buchfinkenhirne ...

Wie er sich umsieht, um seine Waren an den Mann zu bringen, erblickt er plötzlich Judith auf der anderen Seite des Amphitheaters. Sie sitzt bei den anderen Revolutionären und ist mit ihnen in ein ernstes Gespräch vertieft. Brian macht sich auf den Weg zu ihr.

BRIAN *inbrünstig* Jaguarohrläppchen!

Schnitt zu den Revolutionären – Reg, Francis, Stan und Judith – die auf der Tribüne sitzen. Sie sprechen in verschwörerischem Ton.

JUDITH ... Eine antiimperialistische Gruppe wie die unsere muß eine solche Divergenz der Interessen innerhalb ihrer Machtbasis reflektieren.
REG Einverstanden ... *Allgemeines Nicken.* Francis?
FRANCIS Ich denke, Judiths Standpunkt ist stichhaltig, Reg, solange die Bewegung nie vergißt, daß es jedermanns ...
STAN Beziehungsweise jederfrau.
FRANCIS Beziehungsweise jederfrau ... unveräußerliches Recht ist, gegen seine ...
STAN Beziehungsweise ihre.
REG Beziehungsweise ihre. Einverstanden. Danke, Bruder.

STAN Beziehungsweise Schwester.

FRANCIS Danke, Bruder. Beziehungsweise Schwester. Wo war ich?

REG Ich dachte, du hättest geschlossen.

FRANCIS Ach, hatt' ich das? Stimmt.

REG Überdies ist es das Geburtsrecht jedermanns ...

STAN Beziehungsweise jederfrau.

REG Warum hältst du nicht mal die Klappe wegen den Frauen, Stan, du lenkst uns ab.

STAN Die Frauen haben jedes Recht, in unserer Bewegung eine Rolle zu spielen, Reg.

FRANCIS Was hast du eigentlich immer mit den Frauen, Stan?

STAN ... Ich möchte eine sein.

REG ... Was?

STAN Ich möchte eine Frau sein. Von jetzt an will ich, daß ihr alle Loretta zu mir sagt.

REG Was?!

STAN Das ist mein Recht als Mann.

JUDITH Wieso möchtest du Loretta sein, Stan?

STAN Ich will Kinder kriegen.

REG Du willst Kinder kriegen???!!!

STAN Jedermann hat das Recht, Kinder zu kriegen, wenn er das will.

REG Aber du kannst keine Kinder kriegen.

STAN Du sollst mich nicht unterdrücken.

REG Ich unterdrücke dich nicht, Stan – du hast keine Gebärmutter. Wo soll der Fötus denn keimen? Steckst du ihn in eine Schachtel?

Stan fängt an zu heulen.

JUDITH Hört mal! Ich hab eine Idee. Wie wär's, wenn ihr euch darauf einigen würdet, daß er keine eigentlichen Kinder kriegen kann, weil er keine Gebärmutter hat,

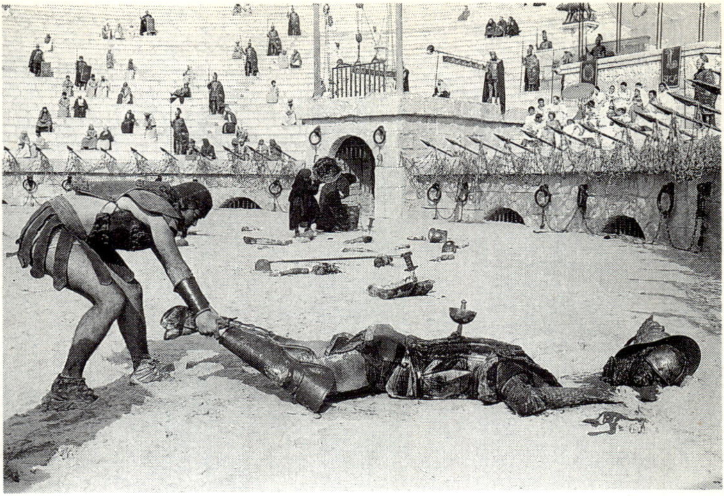

woran niemand schuld ist, nicht mal die Römer, aber daß er das Recht haben kann, Kinder zu kriegen.

FRANCIS Gute Idee, Judith. Wir werden für dein Recht, Kinder zu kriegen, gegen die Unterdrücker kämpfen, Bruder. Schwester, Tschuldigung.

REG Und was soll das?

FRANCIS Was?

REG Was soll das, für sein Recht, Kinder zu kriegen zu kämpfen, wenn er keine Kinder kriegen kann?

FRANCIS Es ist symbolisch für unseren Kampf gegen die Unterdrückung.

REG Es ist symbolisch für seinen Kampf gegen die Wirklichkeit.

Trompeten. Eine Fanfare. Ein Samariter wird in die Arena geschubst. Von der spärlichen Menschenmenge plätschert kurzer Beifall herab. Die Stimmung erinnert an das verregnete Freundschaftsrückspiel zwischen dem FC Remscheid und Dynamo Zornheim.
Der Samariter rennt wieder hinaus durch das Tor. Gelächter aus dem Publikum. Der Samariter taucht wieder auf, wird in die Arena geschubst, und hinter ihm wird das Tor zugeknallt. Ein riesiger Gladiator stampft auf ihn zu. Der Samariter wirft einen Blick auf den Gladiator und flitzt so schnell er kann davon, dem Rand der Arena entlang. Der Gladiator trampelt hinter ihm her. Nach einer Weile wird klar, daß der Samariter nicht leicht zu fangen sein wird. Das Publikum reagiert verdrießlich und beginnt unordentlich zu skandieren: »So ein Quatsch«. Da und dort wird langsam geklatscht.
Inzwischen hat sich Brian bis in die Nähe der Revolutionäre vorgearbeitet.

BRIAN Lerchenzungen ... Otterschnauzen ... Ozelotmilzen ...

Reg blickt auf und ruft Brian zu.

REG Hast du Nüsse?

BRIAN Nüsse hab ich keine, tut mir leid, aber ich hab Zaunkönigslebern, Dachsmilzen ...

REG Nein, nein, nein.

BRIAN Otterschnauzen.

REG Nein, nichts von diesem Römermist.

JUDITH Warum verkaufst du nicht was Anständiges zu essen?

BRIAN Anständiges zu essen?

REG Ja, nicht nur so Leckereien für reiche Imperalisten.

BRIAN Das ist nicht meine Schuld – ich hab dieses Zeug nicht ausgesucht.

REG Also gut ... 'ne Tüte Otterschnauzen.

BRIAN *will nicht weitergehen* Seid ihr die ... Judäische Volksfront?

Reg hört das und beugt sich vor.

REG Verpiß dich!

BRIAN ... Was?

REG *ungläubig* Judäische Volksfront!??? Wir sind die Volksfront Judäas.

Brian blickt verständnislos drein.

REG *spöttisch zu den anderen* Scheiß Judäische Volksfront! Ha!

Hämisches Gelächter.

FRANCIS Diese Wichser.

REG *zu Brian, energisch* Die Volksfront Judäas handelt, Scheiße noch mal!

BRIAN Oh!

REG Wir sind nicht ein Haufen scheiß Abweichler!

ALLE Abweichler!! Scheiß Abweichler!

REG Ha! Scheiß Judäische ... scheiß ... Volksscheißfront.

BRIAN ... Welche seid ihr schon wieder?

REG Wir sind die Volksfront Judäas, Scheiße noch mal.

BRIAN *vorsichtig, zu Judith* Kann ich ... eurer Gruppe beitreten?

REG Nein. Verpiß dich.

BRIAN *über seinen Bauchladen* Ich will doch dieses Zeug gar nicht verkaufen, wißt ihr ... Das ist nur so 'n Job. Ich hasse die Römer doch genauso.

ALLE Pscht!

Die Revolutionäre sehen sich besorgt um, ob das auch niemand gehört hat.

REG Hör mal. Die einzigen, die wir noch mehr hassen als die Römer ... sind die von der scheiß Judäischen Volksfront.

ALLE Abweichler! Schweine!

FRANCIS Und die Judäische Volksfront des Volkes.

ALLE Jawoll, diese Abweichler!

STAN Und die Volksfront Judäas.

ALLE Jawoll.

REG Was?

STAN Die Volksfront Judäas! Abweichler!

REG Wir sind die Volksfront Judäas.

STAN Ach. Sind wir das? Ich dachte ... wir seien die Front des Volkes.

REG Volksfront. Depp.

FRANCIS Was ist denn eigentlich aus der Front des Volkes geworden, Reg?

REG Der sitzt da drüben.

ALLE Abweichler!

Reg wendet sich Brian zu.

REG Wie heißt du?

BRIAN Brian ... äh ... Brian Cohen.

REG Wir hätten da vielleicht einen kleinen Auftrag für dich, Brian.

Verdunkelte Straßen. Nacht. Gestalten huschen von einem Schatten zum andern. Über dem menschenleeren Platz dräut der Palast des Pilatus. Brian stolpert ins Bild und bleibt einen Augenblick unschlüssig stehen, um dann auf die hohe Mauer des römischen Palasts zuzugehen. Wie er die Mauer erreicht, schreibt er – in erbärmlich kleinen Lettern – »ROMANES EUNT DOMUS«. Während er am Schreiben ist, schleicht sich ein römischer Zenturio mit zwei Soldaten an. Plötzlich legt sich eine Hand auf Brians Schulter.

ZENTURIO Was haben wir denn da? »Romanes Eunt Domus«? Irgendwelche Leute namens Romanes gehen das Haus.

BRIAN *trotzig* Das heißt: »Römer, geht nach Hause«.

ZENTURIO Nein, das heißt es nicht. Sondern wie lautet das lateinische Wort für Römer? *Er gibt ihm einen Klaps.* Los ... los ...

BRIAN Romanus!

ZENTURIO Geht wie?

BRIAN Äh ... annus.

ZENTURIO Der Vokativ Plural von annus lautet ... *Er zupft Brian an den Haaren.*

BRIAN Anni.

ZENTURIO Romani ... *Er streicht das ES durch, setzt ein I ein, gibt Brian einen Klaps.* »Eunt«? Was heißt »eunt«?

BRIAN Geht ... *Er ist verstört.* ... Äh ...

ZENTURIO Konjugiere das Verbum »gehen«.

BRIAN Ire ... eo ... is ... it ... imus ... itis ... eunt ...

ZENTURIO Somit ist eunt ... ?

BRIAN Dritte Person Plural Indikativ Präsens. Sie gehen.

ZENTURIO Aber »Römer, geht nach Hause« ist ein Befehl ... also brauchst du ...

BRIAN Den Imperativ!!

ZENTURIO Und der wäre ... ?

BRIAN Aah ... i ...

ZENTURIO Wie viele Römer?

BRIAN Plural! Plural! Ite!! Ite!!

ZENTURIO Ite ... *Er korrigiert das Wort.* Domus ... was ist domus?

BRIAN Äh ...

ZENTURIO Römer, geht nach Hause. Das ist doch eine hinführende Bewegung, nicht wahr, mein Junge?

BRIAN Dativ?!

ZENTURIO *zieht sein Schwert und hält es Brian an den Hals* Dativ?!

BRIAN Nein, nicht Dativ ...

ZENTURIO ... Was dann?

BRIAN Äh ... Akkusativ ... äh ... domum ... ad domum.

ZENTURIO Nur gibt es eben von domus auch den ...?

BRIAN ... Oh, den Lativ!

ZENTURIO Der da lautet ...

BRIAN Domum?

ZENTURIO Also ergibt das ... Romani, ite domum. Hast du das begriffen?

BRIAN Jawohl.

ZENTURIO Und jetzt schreibst du das hundertmal.

BRIAN Jawohl. Ave Cäsar.

ZENTURIO Ave Cäsar.

BRIAN Jawohl.

ZENTURIO Und wenn du bis Sonnenaufgang nicht damit fertig bist, schneid ich dir die Eier ab.

BRIAN Danke schön. Ave Cäsar und so weiter.

Er beginnt zu schreiben. Langsame Abblende, während der Zenturio sich entfernt und die beiden Soldaten zurückläßt, um den Vollzug der Strafe zu überwachen. Aufblende. Morgen. Mit Hilfe einer Leiter hat Brian praktisch die ganze Mauer mit »ROMANI ITE DOMUM« vollgeschrieben. Er beendet den hundertsten Schriftzug. Im Hintergrund stehen die beiden Römer. Brian ruft laut.

BRIAN Fertig.

RÖMISCHER SOLDAT STIG Gut. Und daß mir das nie wieder vorkommt.

Matthias' Haus. Innen. Ein kellerartiger Raum mit sehr konspirativer Atmosphäre.

Reg und Stan sitzen an einem Tisch am einen Ende des Raumes. Francis, in Kommandotruppen-Montur – schwarze Robe, rote Schärpe um den Kopf – steht vor einem Plan, der an der Wand hängt. Er spricht zu einem Publikum von etwa acht Kommandosoldaten. Ihre Gesichter sind teilweise vermummt.

FRANCIS Wir dringen hier durch das unterirdische Heizsystem ein . . . dann hinauf in den Hauptaudienzsaal . . . und das Schlafzimmer von Pilatus' Frau liegt hier. Wenn wir seine Frau geschnappt haben, teilen wir Pilatus mit, daß sie in unserem Gewahrsam ist, und stellen alsbald unsere Forderungen. Sind noch Fragen?

KOMMANDOSOLDAT XERXES Worin genau bestehen unsere Forderungen?

REG Wir geben Pilatus zwei Tage Zeit, um den ganzen Apparat des römischen Imperialistenstaats aufzulösen, und wenn er sich nicht sofort dazu bereit erklärt, richten wir sie hin.

ROMANI ITE DOMUM
ROMANI ITE DOMUM
ROMANI ITE DOMUM

MATTHIAS Schneiden wir ihr den Kopf ab?

FRANCIS Wir schneiden ihr alles mögliche ab und schicken ihm pünktlich zu jeder Stunde ein Stück davon ... Er soll sehen, daß mit uns nicht zu spaßen ist.

REG Außerdem fordern wir die Errichtung einer drei Meter hohen Mahagonistatue des Kaisers Julius Cäsar, dem der Schwanz raushängt.

STAN Was? Dazu werden sie nie und nimmer bereit sein, Reg.

REG Das ist bloß ein Druckmittel. Und natürlich werden wir sie darauf hinweisen, daß sie die volle Verantwortung tragen, wenn wir sie zerstückeln, und daß wir uns niemals erpressen lassen.

Applaus.

ALLE Keine Erpressung!!!!

REG Sie haben uns bis auf den letzten Tropfen ausgeblutet, diese Schweine. Sie haben uns alles genommen, das wir hatten, nicht nur uns, sondern schon unseren Vätern und den Vätern unserer Väter.

STAN Und den Vätern der Väter unserer Väter.

REG Jawohl

STAN Und den Vätern der Väter der Väter unserer Väter.

REG Schon gut, Stan. Du brauchst nicht darauf herumzureiten. Und haben sie uns jemals was gebracht als Gegenleistung?

Er macht eine selbstzufriedene Kunstpause.
Einer der vermummten Kommandosoldaten äußert sich.

XERXES Den Aquädukt?

REG Was?

XERXES Den Aquädukt.

REG Ach ja, ach ja, den ja, das stimmt.

VERMUMMTER KOMMANDOSOLDAT Und die Kanalisation!

STAN Oh, ja ... die Kanalisation, Reg, erinnere dich, wie die Stadt früher war.

Zustimmendes Gemurmel.

REG Na schön, ich gebe zu, daß der Aquädukt und die Kanalisation zwei Dinge sind, die die Römer uns tatsächlich gebracht haben ...

MATTHIAS Und die Straßen ...

REG *giftig* Schon gut, natürlich auch die Straßen ... keine Frage, die Straßen. Aber abgesehen vom Aquädukt, der Kanalisation und den Straßen ...

EIN ANDERER VERMUMMTER KOMMANDOSOLDAT Die Bewässerung ...

ANDERE STIMMEN Medizin ... Schulen ... Gesundheitswesen.

REG Ja ... schon gut, stimmt schon ...

KOMMANDOSOLDAT WEITER VORN Und den Wein ...

ALLGEMEIN O ja! Genau!

FRANCIS Ja. Das ist nun was, das wir wirklich vermissen würden, wenn die Römer weggingen, Reg.

VERMUMMTER KOMMANDOSOLDAT WEITER HINTEN Öffentliche Bäder!

STAN Und obendrein kann man heutzutage nachts gefahrlos durch die Straßen gehen.

FRANCIS Ja, Ordnung schaffen, das können sie ...

Allgemeines Kopfnicken.

FRANCIS ... Geben wir's doch zu, sie sind die einzigen, die das in einer Stadt wie dieser fertigbringen.

Weiteres zustimmendes Gemurmel.

REG Schon gut ... schon gut ... Aber abgesehen von der besseren Kanalisation und Medizin und Bildung und

Bewässerung und dem Gesundheitswesen und den Straßen und der Trinkwasserversorgung und den Bädern und der öffentlichen Ordnung ... was haben die Römer uns gebracht?

XERXES Den Frieden!

REG *sehr wütend, er hat gar keinen Spaß an dieser Sitzung* Was!? Ach ... *verächtlich* den Frieden, ja, ja ... Schnauze!

Jemand hat an der Tür geklopft. Sofort retten sich alle in diverse schlecht gewählte Verstecke. Matthias schlüpft in die Rolle eines alten Mannes, sieht sich um, ob alle gleich schlecht versteckt sind, und öffnet die Tür.

MATTHIAS Ich bin ein armer Mann, mein Augenlicht ist schwach, meine Beine alt und krumm ...

JUDITH Schon gut, Matthias.

MATTHIAS *wieder in der Mitte des Raums* Die Luft ist rein.

Der Raum füllt sich wieder, wie die Leute sich aus ihren diversen Verstecken schälen. Bis auf Reg, der von Francis unter dem Tisch hervorgezogen werden muß.

FRANCIS Reg! Alles in Ordnung. Es ist Judith.

REG *wieder auftauchend* Was ist schief gegangen?

JUDITH Die erste Schlacht ist geschlagen, Reg. *In ihren Augen blitzt revolutionäres Feuer.*

REG Habt ihr die Parole hingeschrieben?

JUDITH Hundertfach! In drei Meter großen Lettern! Rings um den ganzen Palast herum!

Aufgeregtes Raunen.

REG *völlig unenthusiastisch* Ach, toll ...!

Er wirft Francis einen schnellen Blick der Bestürzung zu, dann besinnt er sich seiner revolutionären Autorität.

REG Nun ... wir brauchen Männer der Tat in unserer

Bewegung, Brian. Aber bevor du dich uns anschließt, sollst du eines wissen: Es gibt unter uns keinen einzigen, der nicht freudig sein Leben lassen würde, um dieses Land ein für allemal von den Römern zu befreien.
STIMME AUS DEM HINTERGRUND Na ja, einen schon!
REG Ach, ja. Einen gibt's . . . aber ansonsten sind wir da geschlossen einer Meinung. Willst du zu uns gehören?
BRIAN Ja! *Er erhebt seinen Arm zum revolutionären Gruß.*
REG Von nun an heißt du Brian, genannt Brian.

Totale von Pilatus' Palast. Außen. Nacht. Zahlreiche Römer versuchen bei Fackellicht Brians Parolen von der Mauer zu schrubben. Gestalten huschen vorbei, ungesehen im Schutz der Finsternis. Ein Gitter wird hochgehoben, und vermummte Gestalten in schwarzen Roben lassen sich in das darunterliegende Loch fallen. Brian ist der letzte, der sich hineinfallen läßt. Über seinem Kopf rückt Reg das Gitter wieder an seinen Platz. Brian blickt auf und schaut durch das Gitter.

BRIAN Kommst du nicht mit uns zum . . .
REG *mit revolutionärer Gebärde* Solidarität, Bruder.

Reg eilt schleunigst davon.

BRIAN Ach ja . . . Solidarität, Reg.

Die Revolutionäre schleichen durch den Abwassertunnel und gelangen in das Haupthypokaustum, die zentrale Heizkammer, die unter Pilatus' Audienzsaal liegt.
Direkt über ihren Köpfen ist der Fußboden von Pilatus' Audienzsaal mit einem großen, ziemlich erotischen Mosaik geschmückt, das ein nacktes Paar in einer Umarmung zeigt. Der Mann trägt ein Feigenblatt.
Plötzlich hebt sich das Feigenblatt, und darunter taucht

Francis' Gesicht auf. Er blickt um sich und klettert dann heraus in den Saal. Die anderen folgen ihm.
Die Revolutionäre schleichen lautlos durch den schlummernden Palast und erreichen schließlich den Flur, der zum Schlafzimmer von Pilatus' Frau führt. Sie erblicken vor sich in der Ferne die Zimmertür und nicken einander stumm zu. Die Luft ist rein. Sie bewegen sich langsam vorwärts. Wie sie in die Nähe der Tür kommen, taucht hinter einer Ecke eine identisch aussehende Gruppe auf, die sich ebenfalls auf die Tür zu bewegt.
Einen Augenblick lang halten alle inne und sehen einander an.
Die andere Gruppe ist ziemlich gleich bekleidet, bloß tragen ihre Mitglieder gelbe statt rote Schärpen.
Es entsteht eine eher peinliche Pause, während die beiden Gruppen einander mustern. Der Führer der anderen Revolutionäre ist der Tödliche Dirk.

TÖDLICHER DIRK *salutierend* Feldzug zur Befreiung Galiläas.

FRANCIS Oh ... äh ... Volksfront Judäas ... Funktionäre.

Wieder eine Pause.

FRANCIS *versucht, gelassen zu wirken* Was ... äh ... macht ihr denn hier?

TÖDLICHER DIRK *voller Feuer* Wir werden die Frau von Pilatus entführen ... sie mitnehmen ... Forderungen stellen.

FRANCIS Was? Das ist doch unser Plan.

TÖDLICHER DIRK Nun, wir waren zuerst da.

FRANCIS Was soll das heißen?

TÖDLICHER DIRK Wir haben als erste die Idee gehabt.

WARRIS Ach ja?

TÖDLICHER DIRK Ja, vor 'n paar Jahren schon.

Kommandosoldaten Ha ha.

Francis Habt ihr denn alle eure Forderungen schon ausgeknobelt?

Tödlicher Dirk Freilich haben wir das.

Francis Und wie lauten die?

Tödlicher Dirk Das werden wir euch doch nicht auf die Nase binden.

Francis und die andern Ha ha ha ha.

Tödlicher Dirk Wir haben trotzdem vor euch die Idee gehabt.

Warris Habt ihr nicht.

Tödlicher Dirk Haben wir doch, Scheiße noch mal.

Francis Habt ihr nicht.

Brian Pscht!

Andere Pssschhhtt!

Tödlicher Dirk Wir planen diese Sache schon seit Monaten.

Francis War wohl nichts damit, Fischmaul.

Der Tödliche Dirk knufft Francis ins Auge. Sofort bricht eine Schlägerei aus.

Brian Brüder, wir sollten miteinander streiten!

Francis *zwischen den Zähnen* Tun wir doch.

Brian Brüder! Wir dürfen nicht gegeneinander kämpfen. Wir sollten uns doch verbünden gegen unseren gemeinsamen Feind.

Beide revolutionären Gruppen in entsetztem Chor:

Alle Die Judäische Volksfront?????

Brian Nein, nein, die Römer.

Alle Ach so! Ja, Ja.

Francis Er hat recht. Los, gehen wir rein und holen sie raus, nachher können wir immer noch streiten.

Andere Na schön . . . also gut . . . Solidarität.

Sie nähern sich der schweren Tür.
Im Innern des Schlafzimmers ist es finster, aber sie können knapp die Umrisse des Bettes von Pilatus' Frau ausmachen. Sie schleichen darauf zu. Ihre schlummernde Gestalt schnarcht sanft. Plötzlich werfen sie das Netz über sie und stürzen sich auf sie. Auf dem Bett kommt es zu einem kurzen, heftigen Getümmel. Dann, unaufhaltsam, erhebt sich die Gestalt von Pilatus' Frau vom Bett wie ein Meeresungeheuer, das aus dem plutonischen Abgründen emporsteigt.
Die Revolutionäre klammern sich an sie; manche an ihre Beine, andere an ihre Arme und einer oder zwei um ihren Hals. Mit erstaunlicher Kraft bewegt sie sich zur Tür, immer noch mit einem von ihnen auf dem Buckel. Dann flitzt sie davon, den Flur entlang und um die Ecke. Die Revolutionäre hasten hinterher.
Sie ist um die Ecke gebogen und drückt sich in eine Nische, wobei der Revolutionär an ihrem Hals gegen die Wand gepreßt wird, so daß ihm die Luft wegbleibt. Die anderen Revolutionäre donnern vorüber.
Pilatus' Frau tritt aus dem Schatten hervor. Der atemlose Revolutionär an ihrem Hals ringt nach Luft und fällt mit einem Aufschrei zu Boden.
Sein Schrei lockt die anderen an, die kehrtmachen und sehen, wie Pilatus' Frau wieder in ihr Zimmer entschwindet. Sie rennen hinterher, aber sie hat zuviel Vorsprung und erreicht ihr Zimmer als erste. Sie knallt die Tür zu und verriegelt sie.
Die übrigen Revolutionäre erreichen die Tür und rütteln an der Klinke.

FRANCIS Scheiße!
WARRIS Nicht zu fassen!

Es sieht aus, als würde gleich ein neuer Streit losbre-

chen, da springt die Tür auf, und der letzte ramponierte Revolutionär kommt herausgeflogen. Die Tür knallt wieder zu und wird verriegelt.

Zu spät springt Francis zur Tür und versucht sie zu öffnen. Dann wendet er sich voller Verachtung nach dem Tödlichen Dirk um.

FRANCIS Du dumme Sau.

Der Tödliche Dirk haut Francis in die Fresse. Francis kippt um. Eine Rauferei bricht aus. Der Kampf ist unerbittlich und brutal.

Ein paar römische Wächter kommen daher und sehen zu, wie die beiden revolutionären Gruppen sich gegenseitig vernichten. Brian hastet umher und versucht verzweifelt, wenn auch erfolglos, das sinnlose Gemetzel zu stoppen. Die Römer schauen neugierig zu, machen aber keine Anstalten einzugreifen. Francis packt die Gelegenheit beim Schopf und flieht. Schließlich ist nur noch Brian auf den Beinen. Um ihn herum liegen die Überreste der beiden revolutionären Gruppen. Er blickt auf und sieht erstmals die Römer. Sie ziehen ihre Schwerter und kommen auf ihn zu. Brian macht sich bereit, sich zu verteidigen, doch gleich hinter seinem Rücken schwingt bedrohlich die Tür auf, und die hünenhafte Gestalt von Pilatus' Frau erscheint über seiner Schulter. Ihre titanische Faust saust auf Brians Kopf hernieder, und er verliert das Bewußtsein.

Brian erwacht mit einem Lächeln auf den Lippen und muß feststellen, daß er von zwei Wächtern einen Gang entlanggeschleppt wird. Die scheußliche Gestalt des Kerkermeisters spuckt ihn an und schmeißt ihn in ein finsteres, klammes **Verlies,** knallt das eiserne Gitter hinter ihm zu und dreht hohl rasselnd den Schlüssel um. Brian läßt sich zu Boden sinken. Aus der Finsternis hinter ihm ertönt eine Stimme.

BEN Du verdammter Glückspilz!

Brian wirbelt herum und späht in die Düsternis.

BRIAN Wer spricht da?

In der Dunkelheit kann Brian knapp eine ausgehungerte Gestalt erkennen, die an der Wand hängt, die Füße über dem Boden, die Handgelenke in Ketten. Das ist Ben.

BEN Du verdammter Riesenglückspilz.
BRIAN Was?
BEN *sehr verbittert* Kerkermeisters Liebling, wie?
BRIAN *gereizt* Wie meinst du das?
BEN Hast ihm wohl ein paar Schekel zugesteckt, wie?
BRIAN Ein paar Schekel zugesteckt! Du hast doch gesehen, wie er mir ins Gesicht gespuckt hat!
BEN Ach! Was würd ich nicht darum geben, daß mir mal einer ins Gesicht spuckt! Manchmal hänge ich nachts wach und träume davon, daß mir einer ins Gesicht spuckt.
BRIAN Gerade freundlich ist das ja wohl nicht, oder? Und Handfesseln haben sie mir angelegt.
BEN Handfesseln! Oooh! *Seine Augen glänzen verträumt.* So stell ich mir den Himmel vor: Handfesseln vergönnt zu bekommen ... nur ein paar Stunden lang. Die meinen wohl, dir scheint die Sonne aus dem Arsch, Kleiner!
BRIAN Hör mal! Bevor sie mich hier reingeschmissen haben, haben sie mich erst mal zusammengeschlagen.
BEN Ach ja? Der einzige Tag, an dem sie mich nicht zusammenschlagen, ist mein Geburtstag.
BRIAN Ach, halt die Klappe.

BEN Von Typen wie dir wird mir speiübel. Kommst hier rein, wirst verhätschelt wie ein Prinzchen, und draußen hält dich jeder für einen gottverdammten Märtyrer.

BRIAN Laß mich in Ruhe ... Ich hab viel durchgemacht!

BEN Du hast viel durchgemacht! Hör mal, Kleiner! Ich bin schon seit fünf Jahren hier drin, und erst gestern haben sie mich mit dem Kopf nach oben aufgehängt!

BRIAN Schon gut! Schon gut!

BEN Ich wünschte, ich hätte nur halb so viel Glück wie du. Die müssen dich für Gott den Allmächtigen persönlich halten!

BRIAN Was machen die jetzt mit mir?

BEN Ach, du kommst vermutlich mit 'ner Kreuzigung davon.

BRIAN Kreuzigung!

BEN Ja, du hast ja keine Vorstrafen.

BRIAN Mit 'ner Kreuzigung davonkommen!

BEN Das Beste, was die Römer je für uns getan haben.

BRIAN *ungläubig* Was?

BEN Doch, doch. Wenn wir die Kreuzigung nicht hätten, wäre dieses Land ganz schön im Arsch, das sag ich dir.

BRIAN *hält es nicht mehr aus* Wache!

BEN Ans Kreuz nageln, die Kerle, sag ich!

BRIAN *schleppt sich zur Tür* Wache!

BEN Nägel mit Köpfen machen!

KERKERMEISTER *linst durch die Gitterstäbe* Was willst du?

BRIAN Ich will in eine andere Zelle verlegt werden.

Der Kerkermeister spuckt ihm ins Gesicht.

BRIAN Oh! *Er fährt außer sich vor Ekel zurück.*

BEN Da, seht euch das an! Die reinste Speichelleckerei!

WÄRTER Halt du bloß die Schnauze.

BEN 'tschuldigung! 'tschuldigung! *Leiser* Nimm mal meinen Fall. Seit fünf Jahren bin ich jetzt hier, und jede

Nacht nehmen sie mich für zehn Minuten runter, dann hängen sie mich wieder auf ... was ich für angemessen halte ... in Anbetracht dessen, was ich verbrochen habe ... und das Allermindeste, was ich daraus gelernt habe, ist Respekt vor den Römern, und zudem habe ich gelernt, daß man im Leben nie auf einen grünen Zweig kommt, wenn man nicht bereit ist, für einen anständigen Lohn auch eine anständige Arbeit zu leisten ...

BRIAN Ach ... Halt die Schnauze!!

In diesem Augenblick treten ein Zenturio und zwei Wachen ein.

ZENTURIO Pilatus will dich sehen.

BRIAN Mich?

ZENTURIO Los, komm.

Brian rappelt sich auf.

BRIAN Pilatus? Wieso will er mich sehen?

ZENTURIO Ich glaube, er will wissen, wie rum du gekreuzigt werden möchtest.

Er lacht. Die beiden Wachsoldaten schmunzeln. Ben wiehert lauthals.

BEN ... Toller Witz, Zenturio. Prima, prima.

ZENTURIO *zu Ben* Schnauze!

Brian wird hinausgeschafft. Die Tür knallt zu.

BEN Klasse Rasse, diese Römer ... echt klasse.

Brian wird in **Pilatus' Audienzsaal** geschleppt. Dieser ist groß und eindrucksvoll, obschon einiges darin gerade umgebaut wird. Der Zenturio salutiert.

ZENTURIO Ave, Cäsar.

PILATUS Ave, Cäsa'.
ZENTURIO Der einzige Überlebende, Herr.
PILATUS Stweck ihn niede'.
ZENTURIO Wie bitte, Herr?
PILATUS Stweck ihn niede!
ZENTURIO Aha!

Der Zenturio gibt den zwei römischen Wachen einen Wink, und diese strecken Brian nieder.

PILATUS Nun denn, Jude, wie lautet dein Name?
BRIAN Brian.
PILATUS Bwian, wie?
BRIAN *hilfsbereit* Nein, Brian.

Der Zenturio knufft ihn.

PILATUS De' kleine Wacke' zeigt Couwage.
ZENTURIO Was zeigt er, Herr?
PILATUS Couwage.
ZENTURIO Ja, das möchte er.
PILATUS Nein, nein, Couwage ... Hewoismus ... Bwavou'.
ZENTURIO *versteht immer noch nicht ganz* Aha. Etwa elf, Herr.
PILATUS *zu Brian* Ih' wagt es also, uns zu bewauben.
BRIAN *aufstehend* Euch zu was?
PILATUS Zentuwio, hau ihm eine wunte', feste dwauf.
ZENTURIO Und soll ich ihn wieder niederstrecken, Herr?
PILATUS Was?
ZENTURIO Wiede' niede'stwecken, Herr?
PILATUS Ach ja. Und niede'stwecken.

Der Zenturio verpaßt Brian wieder eine Ohrfeige, und die beiden Wachen strecken ihn nieder.

PILATUS Und jetzt, du jüdische' Wäube'.

SPQR

BRIAN Ich bin kein Jude ... ich bin ein Römer!

PILATUS Wöme'?

BRIAN Nein, Römer.

Aber um eine weitere Ohrfeige des Zenturios kommt er nicht herum.

PILATUS Soso, dein Vate' wa' also ein Wöme'. We' wa' e'?

BRIAN *stolz* Er war ein Zenturio in der Kaserne von Jerusalem.

PILATUS Ach. Wie hieß e'?

BRIAN Schwerus Noetus.

Dem Zenturio entschlüpft ein Kichern.

PILATUS Zentuwio, haben wi' jemanden dieses Namens in unsewe' Kase'ne?

ZENTURIO Äh ... nein, Herr.

PILATUS Du bist deine' Sache seh' siche' ... Hast du das übe'pwüft?

ZENTURIO Nun ... nein, Herr ... Ich halte es für einen Scherz, Herr ... wie ... Knallus Deppus ... oder ... Pimmulus Longus.

PILATUS Was ist denn an Pimmulus Longus so komisch?

ZENTURIO Nun ... es ist ein ... Scherzname, Herr.

PILATUS Ich habe einen einflußweichen Fweund in Wom, de' Pimmulus Longus heißt.

Unwillkürliches Gelächter von einem der Wachsoldaten in der Nähe. Pilatus tritt zu ihm.

PILATUS Wuhe! Was soll diese Fwechheit? Solch wüpelhaftes Betwagen kann dich seh' schnell in die Gladiatowenschule bwingen.

Der Wachsoldat versucht sein Lachen zu verbeißen. Pilatus wendet sich von ihm ab. Er ist sehr wütend.

BRIAN Kann ich jetzt gehen, Herr …

Der Zenturio knallt ihm eine.

PILATUS Wa'tet nu', wenn Pimmulus Longus das e'fäh't!

Der Wachsoldat prustet sogleich wieder los. Pilatus wirbelt herum.

PILATUS Jetzt weicht's! Zentuwio … Schaff ihn weg.
ZENTURIO Ach, Herr, er hat doch nur …
PILATUS Noch vo' Ende diese' Woche soll e' sich mit tollwütigen Waubtiewen waufen.
ZENTURIO Jawohl, Herr.

Er zerrt den glücklosen Wachsoldaten hinaus. Brian stellt fest, daß ihn kaum jemand beachtet.

PILATUS Ich laß nicht zu, daß gemeine Soldaten sich übe' meine Fweunde mokiewen.

Er geht langsam zu den anderen Wachen hinüber.

PILATUS Also … will sonst noch jemand kiche'n übe' meinen Fweund *tritt ganz nahe zu einem der Soldaten* Pimmulus … Longus? E' hat übwigens eine Fwau. *Die Wachen wappnen sich.* Namens Incontinentia. *Die Wachen entspannen sich.* Incontinentia Podex! *Die Wachen brechen in hilfloses Gelächter aus.*

Brian nutzt das Durcheinander, um davonzuschleichen.

PILATUS Wuhe! Jetzt weicht's mi' mit diesem wenitenten, webellischen Wandaliewen. Aufhöwen. Und so was nennt sich Pwätowiane'. Wuhe!

Aber die Wachen sind völlig außer sich vor Lachen. Pilatus bemerkt, daß Brian flieht.

PILATUS Ih' wespektloses Wudel von Waufbolden! Packt ihn! Schneuzt euch, und packt ihn! Oh, mein Popo.

Die Wachen hetzen hinter Brian her, der inzwischen die Pforte zu einem runden Turm erreicht hat. Er hastet die Wendeltreppe hinauf, die Römer immer hinterher. Auf halber Höhe des Turms kreuzt er einen von oben kommenden Bauarbeiter, der zu spät schaltet und Brian zu warnen versucht, wie dieser schon an ihm vorbeigeflitzt ist, die Römer dicht auf den Fersen. Plötzlich erreicht Brian die Spitze des Turms, die erst halbfertig ist, und stellt fest, daß die Treppe in die Luft hinaus führt. Unter ihm droht der sichere Tod, hinter ihm nahen die Römer. Er hat keine Chance – sein Schwung trägt ihn über die unfertige Treppe hinaus ins Nichts.
Just in diesem Augenblick kommt ein Raumschiff auf der Durchreise unten vorbeigeschwirrt, und durch schieres Glück landet Brian im Cockpit des außerirdischen Raumvehikels zwischen zwei seltsamen Wesen. Die haben keine Zeit, sich um ihn zu kümmern, da ihnen ein offensichtlich feindliches Raumschiff auf den Fersen ist und sie unter Beschuß nimmt. Das Raumschiff flitzt hakenschlagend durchs All in einem aufregenden Weltraumgefecht à la »Krieg der Sterne«, es schießt empor, zieht eine Kurve, zerstört das feindliche Schiff, wird jedoch selber getroffen und schmiert ab zur Erde, wo es sich direkt am Fuß des Turms, von dem Brian gesprungen ist, in den Boden bohrt. Überall Rauchschwaden. Brian kommt aus dem Wrack hervorgetaumelt. Ein Passant sieht ihn verblüfft an, da er sowohl seinen Sturz wie auch seine Rettung mitverfolgt hat.

PASSANT Du hast ja tierisch Schwein gehabt!

In diesem Augenblick sehen wir die Wachen, die die Verfolgung noch nicht aufgegeben haben, und Brian rennt in das Gewühl auf dem Marktplatz.
Der Suk besteht aus Hunderten von Ständen mit Ver-

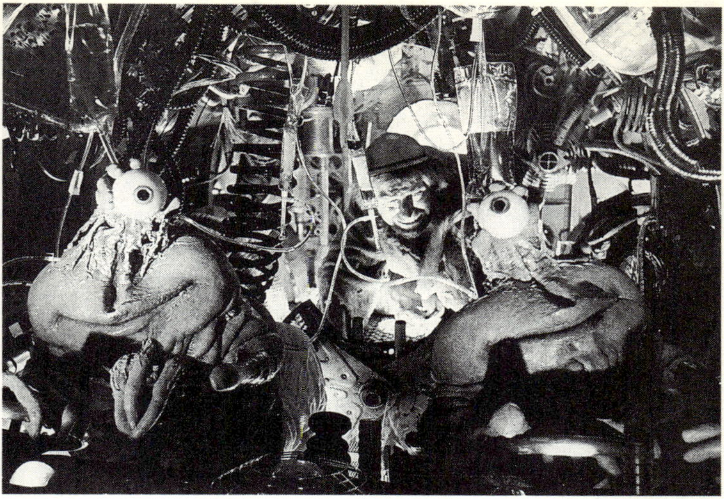

käufern, die miteinander feilschen, handeln, Kaffee trinken und so weiter. An einem Ende des Markts steht ein Rednerpodest, auf dem mehrere Propheten mit bizarren Bärten und eigentümlichen Gewändern versuchen, ein Publikum anzulocken. Den lärmigsten und provokantesten unter ihnen gelingt es am besten, die Passanten zu fesseln. Eine seltsame lehmbedeckte Gestalt mit Rastafarifrisur schwenkt den Leuten eine Stange entgegen, auf der zwei abgeschnittene Hände aufgespießt sind.

APOKALYPTISCHER PROPHET ... wird auf einem Schlangenrücken reiten, und seine Augen werden mit dem Blut aller Lebewesen gerötet sein, und die Hure von Babylon wird sich über dem Hügel der Erregung erheben, und im ganzen Land wird sein ein großes Gliederreiben ...

Neben ihm versucht ein anderer Prophet mit rotem Haar, der keine Spur weniger wild wirkt, dem apokalyptischen Propheten einen Teil seines Publikums abzujagen.

FALSCHER PROPHET Und er wird ein neunschneidiges Schwert tragen. Neun Schneiden. Nicht zwei. Nicht fünf noch sieben, sondern neun, mit denen er alle elenden Sünder strafen wird, und Sie, mein Herr, gehören auch dazu, und auf seinem Haupte wird er Hörner tragen ...

Vor jedem Propheten steht eine römische Wache, offensichtlich gelangweilt, aber bereit, jeden Aufruhr zu unterdrücken.
Brian taucht unter im Marktgetümmel. Eine römische Kohorte durchstöbert den Platz, kippt rücksichtslos Körbe um und sucht Passanten ab. Brian taucht neben einem ziemlich eintönigen kleinen Propheten auf, unter

dem hohen Fenster in der Rückseite des Hauses von Matthias, wo die Revolutionäre ihr Hauptquartier haben.

LANGWEILIGER PROPHET Und es wird in jener Zeit Gerüchte von Dingen geben, die vom rechten Weg abkommen, und es wird große Verwirrung herrschen, wo die Dinge wirklich liegen, und niemand wird wissen, wo jene kleinen Dinge mit dieser Art von Fuß aus Bast liegen, die einen Henkel haben, sie werden nicht da sein.

Auf der anderen Seite des Marktplatzes erscheinen die Römer, immer noch auf der Suche. Brian erblickt Harry, den Barthändler, und während er auf dessen Stand zugeht, kommt ihm eine Idee.
Der langweilige Prophet leiert weiter vor sich hin.

LANGWEILIGER PROPHET Und alsdann wird ein Freund den Hammer seines Freundes verlieren, und die Söhne werden nicht wissen, wo liegen die Dinge, die ihre Väter besaßen und erst letzte Nacht dahinlegten . . .

Brian läuft zum Stand von Harry, dem Barthändler, und schnappt sich einen falschen Bart.

BRIAN Wieviel? Schnell!
HARRY Was?
BRIAN Für meine Alte.
HARRY Ach so. Zwanzig Schekel.
BRIAN In Ordnung.
HARRY Was?
BRIAN Da. *Er legt 20 Schekel hin.*
HARRY Augenblick mal.
BRIAN Was?
HARRY Wir müssen erst feilschen.
BRIAN Nein, nein, ich muß . . .

Harry Was soll das heißen, nein?

Brian Ich hab keine Zeit, ich muß eben mal schnell . . .

Harry Dann geben Sie ihn zurück.

Brian Nein, nein, ich hab dafür bezahlt.

Harry Burt!

Burt tritt auf. Er ist sehr groß.

Burt Ja?

Harry Der Typ da will nicht feilschen.

Burt *sieht sich um* Wo sind die Wachen?

Brian Ach, na schön . . . Ich meine, müssen wir . . .

Harry Also, für den will ich zwanzig . . .

Brian Ich hab Ihnen zwanzig gegeben.

Harry Wollen Sie damit sagen, daß der keine zwanzig Schekel wert ist?

Brian Nein.

Harry Fühlen Sie mal diese Qualität. Das ist kein alter Ziegenbock.

Brian Ach . . . dann geb ich Ihnen neunzehn.

Harry Nein, nein. Sie müssen das richtig machen.

Brian Was?

Harry Richtig feilschen. Der ist keine neunzehn wert.

Brian Eben haben Sie gesagt, er sei zwanzig wert.

Harry Burt!!

Brian Ich geb Ihnen zehn.

Harry Schon besser. *Entrüstet* Zehn! Wollen Sie mich etwa beleidigen? Mich. Mit meiner armen Großmutter, die im Sterben liegt . . . Zehn!!!?

Brian Elf.

Harry Jetzt haben Sie's begriffen. Elf!!! Ich hör wohl nicht recht? Elf. Ich selbst hab zwölf dafür bezahlt. Sie wollen mich wohl ruinieren.

Brian Siebzehn.

Harry Siebzehn!

Brian Achtzehn?

Harry Nein, nein, nein. Jetzt müssen Sie auf vierzehn gehen.

Brian Vierzehn.

Harry Vierzehn, soll das ein Witz sein?

Brian Sie haben doch gesagt, ich soll das sagen.

Harry ist völlig verzweifelt.

Brian Sagen Sie mir, was ich sagen soll. Bitte.

Harry Bieten Sie mir vierzehn.

Brian Ich geb Ihnen vierzehn.

Harry *zu umstehenden Marktgängern* Für so was bietet er mir vierzehn!

Brian Fünfzehn.

Harry Siebzehn. Mein letztes Wort. Keinen Pfennig weniger, sonst soll mich der Blitz treffen.

Brian Sechzehn.

Harry Topp. *Er ergreift Brians Hand und schüttelt sie.* War mir ein Vergnügen, mit Ihnen ins Geschäft zu kommen. Wissen Sie was, die geb ich Ihnen gratis dazu. *Er gibt Brian eine Kürbisflasche.*

Brian Ich will sie zwar nicht, aber danke trotzdem.

Harry Burt!

Burt *schnell auftauchend* Ja?

Brian Schon gut! Schon gut!! Danke schön.

Harry Wo sind jetzt die sechzehn?

Brian Ich hab Ihnen schon zwanzig gegeben.

Harry Ach ja ... also schuld ich Ihnen vier. Er sucht nach Kleingeld.

Brian ... Geht in Ordnung, macht nichts.

Harry Augenblick.

Eine Pause, während Harry nach Kleingeld stöbert. Brian sieht ein paar Römer herumschleichen.

BRIAN Schon gut, die vier sind eben für die Kürbisflasche – alles in Ordnung!

HARRY Vier für die Kürbisflasche. Vier!!!!! Sehen Sie mal, die ist mindestens zehn wert, so wahr ich hier stehe.

BRIAN Sie haben sie mir doch eben umsonst gegeben.

HARRY Ja, aber wert ist sie zehn.

BRIAN Schon gut, schon gut.

HARRY Nein, nein, nein. Die ist keine zehn wert. Sie sollen mit mir streiten. Zehn für so was, Sie spinnen wohl.

Brian rennt weg mit der Kürbisflasche, den Bart vors Gesicht gehängt.

HARRY Die Dummen werden nicht alle.

Brian hastet auf die andere Seite des Platzes hinüber, vorbei an all den Propheten. Jeder leiert seine Warnungen vor dem drohenden Weltuntergang herunter.
Brian duckt sich unter ihnen durch, wachsam nach Römern Ausschau haltend, und schlüpft in eine Seitengasse, die zu **Matthias' Haus** führt.
Unterdessen ist im Innern von Matthias' Haus Francis zurückgekehrt, mit schlechten Nachrichten vom Überfall, und Stan streicht die Namen der getöteten Revolutionäre von seiner Liste.

FRANCIS Habakuk, Daryl, genannt Andy. Daniel. Hiob. Josua. Richter. Und Brian.

STAN *streicht den Namen* Und Brian.

REG Ich schlage nun vor, alle diese sieben Ex-Brüder im Protokoll als provisorische Märtyrer für die Sache einzutragen.

STAN Ich unterstütze den Antrag.

REG Danke, Loretta. Geschwister!! Laßt uns nicht den Mut verlieren. Eine totale Katastrophe wie diese ist erst der Anfang! Ihr ruhmvoller Tod wird uns alle zusammenschweissen.

MATTHIAS Vorsicht!

Die Revolutionäre stürzen in ihre Verstecke. Sie verstekken sich ganz lausig. Stan wirft sich ein Laken über, Reg taucht unter den Tisch. Brian tritt ein, mit falschem Bart.

BRIAN *sieht sich um* Hallo, hallo ... Reg?
REG *unter dem Tisch hervor* Geh weg!
BRIAN Reg! Ich bin's, Brian.
REG Los, mach schon! Raus mit dir.

Brian sieht Stan unter dem Laken.

BRIAN Stan!
STAN Verpiß dich.
ALLE Ja. Mach 'ne Fliege.

Ein schweres, gebieterisches Pochen an der Tür. Die Köpfe der Revolutionäre, die einen Moment lang aufgetaucht sind, verschwinden augenblicklich.

ALLE Ach, du Scheiße.
MATTHIAS Ich komme!

Er sucht nach einem Versteck für Brian. Erneutes Pochen. Er schiebt Brian hinter einen Vorhang. Brian findet sich auf einem Balkon hoch über der Stadt. Sofort ertönt ein unheilvolles Knirschen, und der Balkon sackt etwas ab, Staub rieselt in die Tiefe. Brian erkennt, daß seine Position sehr prekär ist.
Von unten dringt das Geleier des Langweiligen Propheten herauf. Brian blickt in die Tiefe und sieht unter sich die ganzen Propheten stehen.
Inzwischen geht Matthias an die Tür.

MATTHIAS Ich bin ein alter Mann ... Meine Augen sind trübe ... Ich kann nicht sehen ...

Draußen steht eine Gruppe römischer Soldaten.

ZENTURIO Bist du Matthias?
MATTHIAS Ja.
ZENTURIO Wir haben Grund zur Annahme, daß du einen gewissen Brian von Nazareth versteckst, Mitglied einer terroristischen Organisation – der Volksfront Judäas.
MATTHIAS Ich? ... Nein ... Ich bin nur ein armer, alter Mann ... Ich habe keine Zeit für Gesetzesbrecher. Mein Augenlicht ist schwach, meine Beine sind grau, meine Ohren sind schwielig, meine Augen sind alt und krumm.
ZENTURIO Ruhe! Blöder Mensch. Wachen! Durchsucht das Haus.

Zwei Wachen stürzen herein. Gefolgt von zwei weiteren. Gefolgt von zwei weiteren, gefolgt von zwölf weiteren in Formation. Sie stürmen rasselnd herein.

ZENTURIO Du kennst die Strafe, die das römische Gesetz für das Beherbergen von Verbrechern vorsieht.
MATTHIAS Nein.
ZENTURIO Die Kreuzigung.
MATTHIAS Ach so.
ZENTURIO Scheußlich, nicht wahr?
MATTHIAS Könnte schlimmer sein.
ZENTURIO »Könnte schlimmer sein«? Wie meinst du das?
MATTHIAS Na ja, man könnte ja auch erstochen werden.
ZENTURIO Erstochen? Das geht sekundenschnell. Eine Kreuzigung dauert Stunden, das ist ein langsamer, grauenvoller Tod.

MATTHIAS Na ja, immerhin kommt man dabei an die frische Luft.

ZENTURIO Du spinnst.

Die römischen Soldaten kommen scheppernd aus dem Haus.

SERGEANT Nein, Herr Zenturio, nichts gefunden, Herr Zenturio.

ZENTURIO Na schön ... aber keine Angst – du hast uns nicht zum letzten Mal gesehen – Spinner!

MATTHIAS Dicknase!

ZENTURIO Sieh dich vor!

Die römischen Soldaten ziehen ab. Matthias macht dankbar die Tür zu.

MATTHIAS Puh, Schwein gehabt.

Die Verborgenen kommen hervor.

BRIAN Tut mir leid, Reg.

REG Oh, kein Problem, Geschwister, es tut ihm leid. Es tut ihm leid, daß er die Fünfte Legion stracks in unser offizielles Hauptquartier geführt hat. Nun, das ist ja alles kein Problem. Setz dich. Nimm dir einen Keks. Fühl dich wie zu Hause. Du ARSCH!! Du blöder, spatzenhirniger, flachköpfiger ...

Wieder lautes Pochen an der Tür. Im Nu haben sich die Revolutionäre versteckt. Widerwillig zieht sich Brian auf den Balkon zurück. Ein Riß tut sich auf, und Brian klammert sich verzweifelt fest, um sein Gewicht zu verringern.

MATTHIAS Meine Beine sind alt und krumm, meine Ohren ergraut.

Er öffnet die Tür. Draußen stehen wieder die Römer.

MATTHIAS Ja?

ZENTURIO Da ist noch ein Winkel, den wir nicht durchsucht haben. Wachen!

Der Zenturio nickt, und die Soldaten strömen wieder herein.

MATTHIAS Habt Erbarmen. Ich bin nur ein armer alter Mann. Mein Augenlicht ist schwach, meine Augen sind blaß, und meine Nase ist reif für den Abdecker.

ZENTURIO Hast du schon mal gesehen, wie einer gekreuzigt wird?

MATTHIAS Kreuzigungen – das ist doch Kinderkram.

ZENTURIO *gekränkt* Sag das nicht so.

Die Soldaten kommen herausgestürmt.

SERGEANT Wir haben diesen Löffel gefunden, Herr Zenturio.

ZENTURIO Schon gut, Sergeant. *Zu Matthias* Wir kommen wieder. Bei dir piept's wohl!

Matthias schließt die Tür und wendet sich mit einem Seufzer der Erleichterung den anderen zu. Sie wollen eben hervorkommen, da ertönt von der Tür schon wieder ein Pochen. Wieder verstecken sie sich, und Brian flitzt auf den Balkon hinaus. Diesmal erzittert der ganze Balkon. Brian klammert sich daran fest.

ZENTURIO Aufmachen!

MATTHIAS *entrüstet* Ihr habt uns überhaupt keine Zeit gelassen, um uns zu verstecken!

Plötzlich bricht Brians Balkon zusammen, und Brian stürzt in die Tiefe, direkt auf den Langweiligen Propheten, den er sauber von seiner Tribüne in einen Korb katapultiert. Die Menge spendet kurzen Beifall. Tricks kommen offenbar gut an. Sogar die apokalyptischen

Propheten halten kurz inne – um dann mit doppeltem Elan weiterzureden.
Brian blickt hinunter und sieht direkt vor seinen Füßen einen römischen Soldaten stehen, der forschend zu ihm aufblickt. Brian schaut nach links und rechts zu den anderen Propheten und dann zurück zu dem Soldaten, ehe ihm klar wird, was man von ihm erwartet. Er holt tief Luft und hebt an.

BRIAN Richtet nicht über andere, sonst werdet ihr vielleicht auch selbst gerichtet.

Der römische Soldat sieht wieder weg, überzeugt, daß Brian ein waschechter falscher Prophet ist.
Colin, ein Passant, bleibt stehen.

COLIN Was?
BRIAN Ich hab gesagt, »Richtet nicht über andere, sonst werdet ihr vielleicht auch gerichtet.«
COLIN Wer, ich?
BRIAN Ja.
COLIN Aha. Danke schön.

Colin schreitet mit diesem Ratschlag vergnügt von dannen.

BRIAN Na ja . . . nicht nur du, überhaupt ihr alle.

Ein Mann namens Dennis hat schon länger Brians Kürbisflasche im Visier. Eddie, Elsie, Frank und Geoffrey spazieren vorbei.

DENNIS Eine schöne Flasche hast du da.
BRIAN Was?
DENNIS Was willst du für die Flasche haben?
BRIAN Nichts . . . Du kannst sie haben.
DENNIS Ich kann sie haben?

Brian gibt sie ihm.

BRIAN Ja. Schauet die Lilien ...

DENNIS Willst du feilschen?

BRIAN Nein. Auf dem Felde.

DENNIS Stimmt was nicht damit?

BRIAN Nichts. Nimm sie.

GEOFFREY *verwirrt* Schauet die Lilien?

BRIAN Na, dann eben die Vögel.

EDDIE Welche Vögel?

BRIAN Irgendwelche Vögel.

EDDIE Wieso?

BRIAN Nun ... haben die etwa Arbeit?

ARTHUR Wer?

BRIAN Die Vögel.

EDDIE Haben die Vögel Arbeit?

FRANK Was ist mit dem?

ARTHUR Er sagt, daß die Vögel schmarotzen.

BRIAN Nein, seht mal, die Sache ist die, daß die doch gut zurechtkommen, nicht wahr?

FRANK Und ich wünsch ihnen was.

EDDIE Hübsch sehen sie aus.

BRIAN Genau! Genau! Sie fressen, aber sie bauen nichts an, oder?

FRANK Hat ja auch keiner von ihnen verlangt.

BRIAN O. K. Und ihr seid wichtiger als sie, stimmt's? Na, da habt ihr's doch. Was macht ihr euch denn für Sorgen! Da habt ihr's. Versteht ihr?

EDDIE Ich mach mir Sorgen, was du wohl gegen Vögel hast.

BRIAN Ich hab nichts gegen Vögel. Schauet die Lilien ...

ARTHUR Jetzt zieht er auch noch über die Blumen her.

EDDIE Ach, gib den Blümchen doch eine Chance.

DENNIS Ich geb dir einen dafür.

BRIAN Sie gehört dir.

DENNIS Dann eben zwei.

BRIAN Hört mal, es war einmal ein Mann, der hatte zwei Diener ...

ARTHUR Wie hießen die?

BRIAN Was?

ARTHUR Wie lauteten ihre Namen?

BRIAN Weiß ich nicht. Und er gab ihnen einige Talente.

ELSIE Du weisst es nicht.

BRIAN Darauf kommt es doch gar nicht an.

ARTHUR Er weiß nicht, wie sie hießen.

BRIAN Sie hießen Simon und Adrian. Nun denn ...

ARTHUR Oho! Du hast gesagt, du weißt es nicht.

BRIAN Darauf kommt es wirklich nicht an. Die Sache ist die, da waren diese zwei Diener ...

SAM Der saugt sich das aus den Fingern.

BRIAN Tu ich nicht ... oder Moment mal, waren es drei?

EDDIE Ach, der ist wirklich miserabel, nicht wahr?

ARTHUR Miserabel.

BRIAN Drei ... also genau gesagt, Haushalter ...

Alle verdrehen die Augen.

ARTHUR *schnalzt verächtlich* Ts ts ts.

Eine Gruppe von Römern, die das ganze Geschehen mitverfolgt haben, kommen nun zielstrebig auf Brian zu marschiert.
Brian sieht sie und gerät in Panik.

BRIAN *verzweifelt, zu seinem schwindenden Publikum* Äh, höret her! Äh ... selig sind die ... die ihres Nächsten Rind bekehren ... denn sie werden schwerreich und sie sitzen ... und sie allein werden dereinst ...

Jetzt gehen die Römer an ihm vorbei, und er erkennt, daß sie bloß zu ihrem Zug gestoßen sind. Der Römer, der unter ihm gestanden hatte, ist auch mit ihnen gegangen.

Brian sieht zu, wie die Römer sich entfernen.

BRIAN ... und nur sie ... empfangen ... dereinst ...

Seine Stimme erstirbt, wie er sieht, daß die Römer den Platz verlassen. Sein Publikum wartet darauf, daß er den Satz beendet.
Brian atmet erleichtert auf und lehnt sich an die Hausmauer.

ELSIE Was?
BRIAN Hmmm?
ELSIE Empfangen was?
BRIAN Ach, nichts.

Brian steigt von der Tribüne hinunter, um zu gehen. Aber die Menge will ihn jetzt nicht weglassen.

ARTHUR He! Was wolltest du eben sagen?
BRIAN Nichts.
ARTHUR Doch.
ELSIE Du wolltest was sagen.
BRIAN Nein, wollt ich nicht.
ARTHUR Sag es uns, bevor du gehst.
BRIAN Ich wollte nichts sagen. Ich war fertig.
ELSIE Warst du nicht.

Ein Jüngling kommt dazu.

JÜNGLING Was will er uns nicht sagen?
ELSIE Ich weiß es nicht.
JÜNGLING Ist es ein Geheimnis?
BRIAN Nein ...
JÜNGLING Ist es eins?
ELSIE Muß wohl. Sonst würd er's uns sagen.
ARTHUR *zu Brian* Was ist das für ein Geheimnis?
BRIAN Laßt mich in Ruhe.
ANDERE Ja! Sag uns das Geheimnis!

Weitere Leute stoßen zu der Menge, die hinter Brian her drängt, als er den Markt durchquert.

JÜNGLING Was ist dieses Geheimnis?
MÄDCHEN Ist es das Geheimnis des Ewigen Lebens?
ELSIE Er will es uns nicht sagen.
ARTHUR Natürlich nicht – wenn ich das Geheimnis des Ewigen Lebens wüßte, würd ich's auch nicht weitersagen.

Brian drängt durch die nunmehr schnell wachsende Menschenmenge. Ein harter Kern hält mit ihm Schritt und drangsaliert ihn.

BRIAN Laßt mich in Ruhe.

Brian schaut verzweifelt um sich, ob wirklich keine Römer da sind.

MÄDCHEN Sag es uns doch, bitte!
ARTHUR Sag es uns! Wir waren zuerst da.
ELSIE *wendet sich der anschwellenden Menschenmenge zu* Haut ab, ihr andern.
ÜBRIGE MENGE Nein! Was ist denn los?

Noch mehr stoßen zu der Menschenmenge.

JÜNGLING Wir waren zuerst da.
ARTHUR Nein, ihr nicht, wir waren zuerst.
MÄDCHEN Sag es uns, Meister.

Brian taucht in die Menge ein, die zunehmend erregt wird, und stößt auf Dennis, der immer noch die Kürbisflasche in der Hand hat.

DENNIS Mein letztes Angebot: Fünf!
BRIAN Hau ab.

Das Mädchen tritt zu Dennis.

MÄDCHEN Ist das ... seine Kürbisflasche?
DENNIS Da gibt's schon ein Angebot.
MÄDCHEN *nimmt die Kürbisflasche und streckt sie empor* Dies ist seine Kürbisflasche!
DENNIS Dann eben zehn.
MÄDCHEN Es ist Seine Kürbisflasche! Wir werden sie für dich tragen, Meister ...

Die Menge blickt auf. Brian ist verschwunden.

JÜNGLING Er ist weg! Er ist gen Himmel gefahren!
ALLE Er ist gen Himmel gefahren!
ARTHUR Nein, da drüben ist er!

Er zeigt auf Brian, der um eine Ecke verschwindet. Sofort macht sich die Menge an die Verfolgung.

MENGE Meister! Meister!

Brian taucht am Stadttor auf, immer schneller spurtend. Hinter ihm das Dröhnen der verfolgenden Menschenmenge. Brian wirft einen verzweifelten Blick zurück und läuft einen Pfad hinauf, der ihn den unteren Hängen des Hügels entlang gen Golgotha führt. Beim Rennen gleitet er aus und verliert eine Sandale. Er will sie eben aufheben, als er seine Anhänger aus dem Stadttor strömen sieht. Sie erblicken ihn und nehmen sofort die Verfolgung auf. Brian dreht sich um und saust los. Die Menge erreicht die Sandale.

ELSIE *hält Brians Schuh hoch* Seht!
MÄDCHEN Folget der Kürbisflasche! Dem Heiligen Kürbis von Jerusalem.
JÜNGLING Hört doch auf!
EDDIE Kommet! Folget dem Schuh!
JÜNGLING Bringt die Sandale her.
GEORGE Nein, es ist ein Schuh!

HARRY Zieh ihn an!

GEORGE Zieh Leine!

EDDIE Ich werde den Schuh behalten und andere Schuhe dazugesellen.

HARRY Das ist eine Sandale.

EDDIE Ist es nicht.

ARTHUR Folget den Schuh-iten!

JÜNGLING Folget dem Wege der Sandaliten!

ARTHUR Doch lasset uns die eigenen Schuhe von uns werfen . . .

Einige tun dies.

ARTHUR Er hat uns ein Zeichen gegeben.

EDDIE Er hat uns einen Schuh gegeben.

ARTHUR Der Schuh ist das Zeichen. Lasset uns seinem Beispiel folgen.

JÜNGLING Was meinst du?

ARTHUR Lasset uns, wie er, den einen Schuh in der Hand tragen . . . und den anderen am Fuß. Denn dies ist sein Zeichen, daß alle, die in seine Fußstapfen treten, es ihm gleichtun sollen.

MÄDCHEN Werft eure Schuhe hinweg! Folget dem Kürbis.

EDDIE Nein! Sammelt Schuhe! . . . Wir müssen Schuhe im Überfluß sammeln. *Er wendet sich seinem Nachbarn zu.* Laß mich . . .

Er versucht, dem Mann einen Schuh auszuziehen.

GEORGE Finger weg!

JÜNGLING Nein! Es ist ein Zeichen, daß wir, wie er, nicht an die Dinge des Leibes denken sollen, sondern an die des Gesichts und des Kopfes.

Er kniet sich zum Gebet hin. Sofort versucht jemand, ihm einen Schuh abzunehmen.

JÜNGLING Aua.

EDDIE Gib mir deinen Schuh.
MÄDCHEN Kommet alle, die ihr euch Kürbisser nennt!
HARRY Behalt den Schuh.
SPIKE Lasset uns beten.

Aber Spike bleibt allein, während die Menge hinter Brian her hetzt, der inzwischen einen steilen Pfad hinaufrast bzw. -humpelt. Er blickt zurück, holt tief Luft und kraxelt zwischen überhängenden Felsen aufwärts. Höher und höher klettert er, immer noch verfolgt von rund hundert rasenden Anhängern. Auf der Hügelkuppe hält Brian inne und blickt nach unten, wo er die Anhänger den Pfad heraufstürmen sieht. Er kann weder nach links noch nach rechts gehen. In seiner Nähe ist ein Loch von nicht einmal zwei Metern Durchmesser, aber recht tief, in dem ein bärtiger Mystiker hockt, in Meditationspose. Das ist Brians einzige Chance.

BRIAN Heda!

Simon der Heilige blickt auf.

BRIAN Gibt es noch einen anderen Weg nach unten?

Simons Gesicht nimmt einen Ausdruck des Entsetzens an. Mit hervortretenden Augen und zusammengepreßten Lippen schüttelt er den Kopf.

SIMON Mmmm Mmmm.
BRIAN Führt noch ein anderer Pfad zum Fluß runter?
SIMON *bemüht, nicht zu sprechen, und mit scheuchenden Gebärden* Mmmmmm.
BRIAN *hört seine Verfolger nahen* Bitte hilf mir! Ich muß hier weg.
SIMON Mmm Mmmm Mmmmm.

Die Verfolger sind schon äußerst nahe. Bevor sie ihn sehen, springt Brian in das Loch. Er landet auf dem Heiligen, der aufschreit.

SIMON Aua! MEIN FUSS!!!

Wahnsinnig vor Schmerz packt er seinen Fuß, aber plötzlich peinigt ihn eine neue Höllenqual.

SIMON Ach, verdammt! Verdammt, verdammt, verdammt!

BRIAN *verzweifelt* Pscht! Es tut mir leid.

SIMON Ach ... Verdammt ... verdammt und zugenäht und verdammt ... ooohhh!!!

BRIAN Pscht! Pscht! Es tut mir leid!

SIMON Komm mir nicht mit »pscht«! Achtzehn Jahre vollendetes Schweigen, und du kommst mir mit »pscht«!!

BRIAN Was?

SIMON Achtzehn Jahre lang habe ich mein Gelübde eingehalten. Nicht ein einziger erkennbarer artikulierter Laut ...

BRIAN Tut mir leid ... Das hab ich nicht gewußt.

SIMON Nicht ein Wort. Und dann kommst du daher.

BRIAN Bitte sei still ... nur noch mal fünf Minuten ...

SIMON Ach, jetzt hat es doch keinen Sinn mehr, still zu sein. Jetzt kann ich's ebensogut genießen. All die Male in den letzten achtzehn Jahren, wo ich schreien und singen wollte! Dideldum. Und meinen Namen hinausschreien. Oh, ich lebe! Hava Nagila.

Brian hält ihm den Mund zu, aber der Einsiedler setzt sich mit sehniger Kraft zur Wehr.

BRIAN Bitte!

SIMON Dideldum. *Er beginnt einen rauhen, unmelodischen, aber lauten Gesang.* Hava Nagila!! Hava ...

Brian hält ihm verzweifelt den Mund zu.

SIMON Ich lebe! Ich lebe!!!

Schnitt auf die von dem Lärm verblüfften Anhänger.

Brian kämpft und ringt eher unelegant mit dem brüllenden, schreienden, lärmenden alten Einsiedler.

SIMON Hallo, Bäume! Hallo, Himmel! Hallo, Felsen!! Ach, was ist das heute für ein wunderbarer Tag. Hava Nagila! ...

Wir sehen Brian kurz aus dem Loch auftauchen, um dem Einsiedler den Mund zuzuhalten, aber wie er seine Anhänger näher kommen sieht, duckt er sich entsetzt, und der Einsiedler reißt sich wieder los. Die Stimme des Einsiedlers verstummt aber plötzlich, wie er sieht, was Brian gesehen hat.
Simon bricht ab. Die Augen treten ihm aus den Höhlen. Die Anhänger treten an das Loch heran. Sie fallen auf die Knie.

MENGE Der Meister! Wir haben ihn gefunden! Ein Wunder! Sein Schuh hatte recht! Gesegnet sei der Schuh! Die Sandale! Der Kürbis! Das Wunder des Schuhs!
ARTHUR Sprich zu uns ... Sprich zu uns ...
MENGE Sprich zu uns ...
BRIAN Geht weg!
MENGE Ein Segen! Ein Segen!!
ARTHUR Wie sollen wir weggehen, Meister?
BRIAN Geht einfach weg ... laßt mich in Ruhe.
ELSIE Gib uns ein Zeichen.
ARTHUR Er hat uns ein Zeichen gegeben. Er hat uns hierher an diesen Ort gebracht.
BRIAN Ich hab euch nicht hierhergebracht. Ihr seid mir einfach gefolgt.
EDDIE Es ist trotzdem ein Zeichen, in jedem Fall.
ARTHUR Meister! Deine Jünger sind viele Meilen gegangen, um bei dir zu sein. Sie sind müde und haben nicht gegessen.

BRIAN Hör mal, das ist doch nicht meine Schuld, wenn sie nichts gegessen haben.

ARTHUR Auf diesen hohen Bergen gibt es keine Nahrung.

BRIAN Was ist mit den Wacholderbüschen da drüben?

MENGE Ein Wunder! Ein Wunder!

ELSIE Die Büsche tragen Früchte durch sein Wort.

JÜNGLING Sie haben Wacholderbeeren hervorgebracht.

BRIAN Freilich haben sie Wacholderbeeren hervorgebracht ... es sind ja Wacholderbüsche! Was habt ihr denn erwartet?

JÜNGLING Zeig uns noch ein Wunder!

ARTHUR Führt ihn nicht in Versuchung, ihr Seichtgläubigen. Ist es denn mit dem Wunder der Wacholderbüsche nicht genug?

Simon sieht, wie die Menschenmenge die Wacholderbüsche in Stücke reißt.

SIMON He! Das sind m e i n e Wacholderbüsche!

ARTHUR Sie sind ein Geschenk Gottes.

SIMON Sie sind das einzige, was ich zu futtern habe, verdammt noch mal! Heda, heda, Finger weg von diesen Büschen!

Ein Mann fällt vor Brian auf die Knie.

HARRY Herr! Ich bin mit einer kahlen Stelle geschlagen!

Ein Blinder mit einem weißen Stock drängt sich durch die Menge nach vorne.

BLINDER Ich bin geheilt! Der Meister hat mich geheilt!

BRIAN Ich hab den Mann nicht angerührt!

BLINDER Ich war blind, und nun kann ich wieder sehen. *Er wirft seinen weißen Stock weg und stolpert sogleich in das Loch.* Argh!

Simon läuft zu Brian.

Simon Sag ihnen, sie sollen aufhören! *Er wendet sich an die Menge.* Achtzehn Jahre lang habe ich kein Wort gesagt, bis er daherkam.

Alle Ein Wunder! Er ist der Messias.

Simon Meinen Fuß hat er verletzt!!

Alle *strecken Brian ihre Füße hin* Verletze meinen Fuß, Herr!! Verletze meinen Fuß. Bitte!

Arthur Heil dir, Messias!

Brian Ich bin nicht der Messias.

Arthur Ich sage, Herr, du bist es, und ich muß es ja wissen, ich bin schon so manchem gefolgt.

Alle Heil dir, Messias.

Simon läuft zu den Wacholderbeerenpflückern und versucht sie aufzuhalten.

Simon Aufhören! Aufhören!

Brian Ich bin nicht der Messias, hört mir doch bitte zu! Ich bin nicht der Messias. Habt ihr verstanden. Ehrlich!

Mädchen Nur der wahre Messias leugnet seine Göttlichkeit.

Brian Was!? Oh! *Am Rande* Was bleibt mir denn da noch für eine Chance? ... Also schön! Ich bin der Messias!

Aufruhr.

Menge Er ist es! Er ist der Messias!

Alle fallen auf die Knie und beten ihn an.

Brian Und jetzt verpißt euch!!!

Lange Pause.

Arthur Wie sollen wir uns verpissen, o Herr?

Brian Ihr sollt einfach ... abhauen. Laßt mich in Ruhe.

Simon kommt zurück.

SIMON *vorwurfsvoll zu Brian* Du hast diesen Leuten gesagt, sie sollen meine Wacholderbeeren essen.

BRIAN Hör mal ... ich hab doch nur ...

SIMON Du brichst mir meinen verdammten Fuß, du brichst mir mein Schweigegelübde, und jetzt versuchst du noch, meine Wacholderbeeren wegzuputzen.

Simon geht auf Brian los. Arthur eilt sofort herbei, um dazwischenzutreten.

ARTHUR Das ist der Messias – der Auserwählte.

SIMON Nein, ist er nicht! Er ist bloß ...

ARTHUR Ein Ungläubiger!!

ALLE Ein Ungläubiger!!

ARTHUR Verfolgt ihn! Tod den Ungläubigen!

BRIAN Hört mal. Nein. Er hat doch nur ...

Sie schleppen Simon ab, indem sie ihn hochheben und über ihren Köpfen davontragen. Simon wehrt sich verzweifelt, während Brian vergeblich einzugreifen versucht.

ALLE Ein Ketzer! Tötet ihn! Verfolget ihn ... Verfolgt den Ketzer!

BRIAN Laßt ihn in Ruhe ... bitte ...!

Aber Brian hat keine Chance, die ausgebrochene Gewalt des Pöbels zu stoppen und kann nur hilflos zusehen, wie die Menge den beinahe nackten Simon seinem Verderben entgegendrängt. Plötzlich merkt er, daß er endlich allein ist, und will eben verschwinden, als er vor sich Judith stehen sieht, die ihn voller Bewunderung ansieht. Da kommt Brian eine Idee.

Morgengrauen über einer großen Pappsilhouette von **Jerusalem**. Die üblichen Morgengrauenklischees. Krähende

Hähne, zwitschernde Vögel, überbeschäftigte Geräuschemacher. Brian regt sich in seinem Bett und öffnet die Augen, um neben sich die nackte, schlafende Gestalt Judiths zu erblicken. Offensichtlich ist es hier während der Nacht zu nicht näher beschriebenen, aber eindeutig unanständigen Handlungen gekommen. Brian lächelt genüßlich ob der Erinnerung daran, steigt aus dem Bett, gähnt und schlurft zum Fenster. Er wirft die Fensterläden auf und reckt sich wohlig. Er ist völlig nackt. Mitten im Recken erstarrt er vor Entsetzen. Eine riesige Menschenmenge drängt sich im Innenhof vor seinem Schlafzimmerfenster. Sie schauen zu ihm auf.

MENGE Seht! Da ist er. Der Auserwählte ist erwacht!

Da draußen stehen mindestens vierhundert Menschen. Brian knallt die Fensterläden zu und weicht in Panik vom Fenster zurück. Von unten hört er die Stimme seiner Mutter.

MANDY *off* Brian! Brian!

Während er noch mit seinem Gewand kämpft, fliegt die Zimmertür auf, und Mandy stürmt herein.

BRIAN Ach, hallo, Mutter.
MANDY Komm mir bloß nicht mit »Hallo, Mutter«! Was suchen all diese Leute da draußen?
BRIAN Ach, äh, na ja . . .!
MANDY Komm schon, was hast du wieder angestellt, Bürschchen?
BRIAN Ich denke, die wollen nur mal so vorbeischauen.
MANDY »Vorbeischauen«! In Strömen kommen die vorbei. Da draußen stehen Massen!
BRIAN Die haben gestern plötzlich angefangen, mir nachzulaufen.

Mandy Nun, die sollen aufhören dir nachzulaufen, und zwar sofort!

Brian zögert. Mandy geht zum Fenster und öffnet die Läden.

Mandy *zur Menge* Hört jetzt auf, meinem Sohn nachzulaufen. Ihr solltet euch schämen.
Menge Der Messias. Der Messias. Zeig uns den Messias.
Mandy Den was?
Menge Den Messias.
Mandy Ich hab keinen Messias. Ischias hab ich, aber keinen Messias. Und jetzt ab mit euch.
Menge Brian! Brian!
Mandy Also, Bürschchen, was hast du angestellt?
Brian Na ja, Mutter ...
Mandy Raus damit! Los!
Brian Die halten mich für den Messias, Mutter.

Mandy verpaßt ihm eine Ohrfeige.

Mandy Was hast du ihnen da wieder erzählt?
Brian Nichts.
Mandy Du macht es nur noch schlimmer.

Sie knallt ihm wieder eine und dreht sich um, wie Judith splitternackt aus Brians Bett auftaucht. Mandy glotzt sprachlos, während Judith sich schützend zwischen Brian und seine Mutter stellt.

Judith Lassen Sie mich erklären, Frau Cohen! Ihr Sohn ist ein geborener Führer. Diese Leute da draußen folgen ihm, weil er sie hoffnungserfüllt in eine neue Welt, in eine bessere Zukunft führen wird.
Mandy *nach einer Weile, zu Brian* WER ist das???!!
Brian *in Todesangst* Das ist Judith, Mama. Judith ... Mutter ... Mutter ... Judith.

Mandy will ihm gleich noch eine runterhauen, wird aber abgelenkt von der Menge, die nach Brian ruft. Sie geht wieder ans Fenster.

MENGE Zeig uns den Messias.
MANDY Jetzt hört mal zu. Er ist nicht der Messias, er ist bloß ein ganz ungezogener Bengel. Und jetzt haut ab.
MENGE Wer bist du?
MANDY Ich bin seine Mutter, mit Verlaub.
MENGE Sehet seine Mutter. Sehet seine Mutter!! Heil dir, Mutter Brians. Wir grüßen dich. Gebenedeit bist du. Hosanna. Aller Lobpreis sei dir, jetzt und immerdar!!!
MANDY Glaubt jetzt bloß nicht, daß ihr mich mit dieser Tour rumkriegen könnt. Er kommt nicht raus, und das ist mein letztes Wort. Jetzt zieht endlich Leine!
MENGE Nein!
MANDY Habt ihr gehört, was ich gesagt habe?
MENGE Ja!!
MANDY Ah, so. So ist das also, wie?
MENGE Ja.
MANDY Also schön, ihr könnt ihn sehen, eine Minute lang, aber keine Sekunde länger, ist das klar?
MENGE *widerstrebend* Ja.
MANDY Versprochen?
MENGE Äh . . . also gut.
MANDY Na schön. Hier ist er. Komm schon, Brian. Komm, sprich mit ihnen.
BRIAN Aber Mama, Judith.
MANDY Laß die Finger von diesem walisischen Flittchen.
BRIAN Ich möchte aber gar nicht, Mama.

Brian kommt nach vorn. Die Menge jubelt »Hosanna«, »Der Meister«, »Heil dir« usw. Der Aufruhr legt sich.

BRIAN Guten Morgen.
MENGE Ein Segen! Ein Segen!

Erneuter Aufruhr.

BRIAN Nein, bitte. Bitte. Bitte hört mir zu. *Die Menge verstummt.* Ich habe da ein, zwei Dinge, die ich sagen möchte.

MENGE Sag's uns. Sag uns beide!!

BRIAN Seht mal ... ihr habt das alles falsch verstanden. Ihr sollt mir nicht folgen. Ihr sollt niemandem folgen. Ihr sollt selbständig denken. Ihr seit lauter Individuen.

MENGE Ja, wir sind lauter Individuen.

BRIAN Ihr seid alle verschieden.

MENGE Ja, wir s i n d alle verschieden.

DENNIS Ich nicht.

MENGE Psschht!

BRIAN Ja, darum geht's. Ihr müßt mit euren Problemen allein fertig werden.

MENGE Ja, ja!! Wir müssen mit unseren Problemen allein fertig werden.

BRIAN Genau.

MENGE Sag uns noch mehr.

BRIAN Nein, nein, das ist es doch gerade. Laßt euch von niemandem sagen, was ihr zu tun habt. Sonst ... Aua!

Mandy zerrt ihn am Ohr weg.

MANDY Das reicht.

Sie schleppt ihn aus unserem Blickfeld.

MENGE *enttäuscht* Oooh. Das war doch keine Minute!

MANDY War es wohl.

MENGE Nein, war es nicht!

MANDY Hört jetzt auf damit, und haut ab.

JÜNGLING Verzeihung.

MANDY Ja?

JÜNGLING Sind Sie eine Jungfrau?

MANDY Wie bitte?

JÜNGLING Ich hoffe, die Frage ist nicht zu persönlich: Sind Sie eine Jungfrau?

MANDY »Ich hoffe, die Frage ist nicht zu persönlich«! Wieviel persönlicher wollen Sie denn noch werden? Verpißt euch endlich.

JÜNGLING Sie ist eine.

ALLE Ja. Ganz klar.

Brian öffnet die Tür nach unten. Und glotzt. Unter ihm in Mandys Küche herrscht hektisches Treiben. Die Revolutionäre machen sich überall zu schaffen, tragen einen Tisch herein, kontrollieren Warteschlangen, organisieren alles und jeden. Eine große Menge Laien sind auch da und irren in verschiedenen Gruppen herum. Reg ist hyperaktiv.

REG Stellt euch bitte da drüben an. Stell sie in zwei Reihen auf, Stan. Die mit Geschenken sollen vortreten. Unheilbare, ich fürchte, ihr müßt wohl oder übel ein paar Minuten warten.

MANN Wird er für Fisch werben?

REG Für Werbeverträge mußt du dich an das Geschwister Francis wenden. Und könnt ihr bitte etwas weniger Krach machen!! Wer von Teufeln besessen ist, soll sie bitte etwas unterm Deckel halten, ja?

Reg blickt auf und sieht Brian.

REG Morgen, Heiland.

Die Menge strömt auf Brian zu, und die Revolutionäre eilen ihm zu Hilfe.

FRANCIS Kommt schon, macht ihm etwas Platz, nicht drängeln, paßt auf, daß ihr hinter euch nichts umschmeißt.

Brian ist nicht in Stimmung für so was und geht durch die Menge, ohne seinen Schritt zu verlangsamen.

Mann Mein Jüngster war hin und weg von Ihrem Wacholderbeeren-Wunder.

Frau *vulgär* Leg mal schnell deine Hand hier drauf.

Francis Hört auf, den Auserwählten anzurempeln. Bitte!

Reg Streck dem Erlöser doch nicht ständig dieses Baby unter die Nase.

Gregory Hallo, hallo, könnte er sich eben mal meine Frau ansehen? Sie hat Kopfschmerzen.

Reg Ich fürchte, sie muß warten.

Gregory Sie sind ganz schlimm, und wir sind zum Lunch verabredet.

Reg Hören Sie mal, die Leprösen haben sich auch anstellen müssen . . .

Francis Nicht drängeln!

Reg Brian, darf ich dir Herrn Papadopoulos vorstellen? Er wird uns am Sonnabend seinen Berg für 'ne Predigt zur Verfügung stellen.

Aber Brian schlüpft durch die Hintertür und geht eine Treppe hinunter in Mandys Garten, wo er sich hinsetzt und den Kopf in die Hände legt.
Plötzlich dringt eine Stimme an sein Ohr.

Otto Heil Führer.

Brian Was?

Otto Oh. Entschuldige bitte. Hast du den neuen Führer gesehen?

Brian Den was?

Otto Den neuen Führer. Wo ist der neue Führer? Ich möchte ihm zujubeln. Heil Führer! Verstehst du?

Brian Ach so. Wer bist du?

Otto Mein Name. Ist. Otto.

Brian Aha.

Otto Ja, Otto. Es ist Zeit, weißt du . . .

Brian Was?

OTTO ... Zeit, daß wir Juden uns rassisch reinigen.

BRIAN Ach.

OTTO Er hat recht, mußt du wissen. Der neue Führer. Wir brauchen mehr Lebensraum. Wir müssen in die traditionell jüdischen Gebiete Samarias vordringen.

BRIAN Was wird aus den Samaritern?

OTTO Die können wir ja in kleine Lager stecken. Und nach Samaria müssen wir in Jordanien einmarschieren und einen großen Judenstaat gründen, der tausend Jahre überdauern wird.

BRIAN Tja, ich weiß nicht so recht, ob ich ...

OTTO Ach, ich brenne ja richtiggehend darauf, weißt du. Diesen Führer zu sehen, der unserem Volk seit Jahrhunderten versprochen ist. Den Führer, der Israel retten wird, indem er es von diesem Abschaum nichtjüdischer Menschen befreit, es rein macht, ohne Ausländer, ohne Zigeuner, ohne Gesindel.

BRIAN Psscht, Otto.

OTTO Was, der Führer? Heil Führer!

BRIAN Nein, nein. Das ist gefährlich.

OTTO Ach, Gefahr: Gefahr besteht keine. *Er schnippt mit den Fingern.* Männer!

Bewaffnete, ziemlich unheimliche Männer treten aus den Schatten hervor und nehmen Aufstellung als Phalanx.

OTTO Eindrucksvoll, wie?

BRIAN Ja.

OTTO Wir sind ein durchtrainiertes Himmelfahrtskommando.

BRIAN Ah so.

OTTO O ja, wir können binnen zwanzig Sekunden Selbstmord begehen.

BRIAN Zwanzig Sekunden?

OTTO Glaubst du mir etwa nicht?

BRIAN Äh, doch ...

OTTO Ich glaube, du zweifelst an mir.

BRIAN Nein. Nein.

OTTO Ich sehe schon, du glaubst mir nicht.

BRIAN Doch, doch, ich glaube dir.

OTTO Genug. Ich werde es dir beweisen. Kommando!

KOMMANDO Heil Führer!

OTTO Selbstmord bee-gehn!

Alle ziehen mit militärischer Präzision ihre Schwerter und rammen sie sich auf einmal in den Bauch, worauf sie in einem großen Haufen zusammenfallen. Tot.

OTTO *stolzerfüllt* Siehst du.

BRIAN Ja.

OTTO Na, jetzt glaubst du mir aber, wie?

BRIAN Ja.

OTTO Na, jetzt hab ich's dir aber bewiesen, wie?

BRIAN Ja, das hast du allerdings.

OTTO Alle tot.

BRIAN Ja.

OTTO Nicht einer am Leben.

BRIAN Nein.

OTTO Du siehst, sie sind allesamt mausetot. Sieh mal, dem geb ich einen Tritt. Er ist tot. Ich steh ihm auf den Kopf. Der ist auch tot. Der ist auch tot. Allesamt gute tote jüdische Jungs, keine Ausländer. Aber sie sind einen Heldentod gestorben, und ihre Namen werden uns ewig in Erinnerung bleiben. Helmut ... Johnny ... der Kleine da ... äh ... der andere Dicke ... ihre Namen werden uns ... irgendwann mal ... ewig in Erinnerung bleiben. Und so werde ich nun gehen. Heil Führer!

BRIAN Wart mal, Otto. Du kannst die doch nicht einfach alle hierlassen.

OTTO Wieso nicht – sie sind alle tot.

Eine der Leichen furzt. Jemand kichert.

OTTO Augenblick mal. Hier ist irgendeiner nicht tot. Hier ist irgendeiner, der nur so tut, als sei er tot. Steh auf.

Einer der Toten steht verschämt auf. Dabei tritt er auf einen andern, der ganz deutlich »Aua« sagt.

OTTO Wer hat »Aua« gesagt? Du bist auch nicht tot. Und du da auch nicht. Steht auf, steht auf, alle miteinander. Ach, zum Kuckuck, ist hier denn nicht ein einziger tot?

Sie sind alle aufgestanden und senken beschämt die Augen.

HELMUT Nein, Herr Offizier. Nicht einer.
ADOLF Wir hielten es für eine Übung, Herr Offizier.
OTTO Ach, du mein Schwanz. Morgen kriegt ihr zur Strafe – Schweinswürstchen!

Diese Drohung löst entsetztes Gemurmel aus. Otto dreht sich brüsk zu Brian um.

OTTO O. K. Sag dem Führer, daß wir bereit sind, für ihn zu sterben, wann immer er uns ein Zeichen gibt.
BRIAN Welches Zeichen?
OTTO Das Zeichen, das das Zeichen ist, das das Zeichen sein wird. Männer, vorwärts.

Ottos Männer marschieren von dannen und singen dabei ihr aufregendes Lied.

DAS LIED VON OTTOS MÄNNERN
Unser Führer, schön und tapfer,
Der hält uns stets auf Trab
Wir folgen ihm ganz fraglos
In unser frühes Grab.

Er gönnt uns viele Opfer
Und Tode ohne Sinn
Wer Glück hat, wird einst auferstehn
Und stirbt gleich nochmals hin.

BRIAN Blödes Schwein.

Judith kommt die Treppe herunter. Brian merkt auf und wendet sich wieder dem ewig Leiblichen zu.

JUDITH Brian! Du bist phantastisch gewesen!

BRIAN Na ja, du selbst warst auch nicht übel.

JUDITH Nein, nein ... Was du vorhin gesagt hast, war ganz außergewöhnlich.

BRIAN Was? Ach ... das ... war es das?

JUDITH Wir brauchen keine Führer. Du hast ja so recht. Reg unterdrückt uns schon viel zu lange.

BRIAN Na ja.

JUDITH Es mußte mal gesagt werden, und du hast es gesagt. Es ist unsere Revolution, wir können das alles gemeinsam machen. Wir stehen alle hinter dir, Brian. Die Revolution liegt nun in deinen Händen.

BRIAN Nein, so hab ich das aber überhaupt nicht gemeint.

Die vertraute Hand eines römischen Zenturios fällt auf Brians Schulter. Eine Gruppe römischer Soldaten umzingelt ihn und stößt Judith brutal beiseite.

ZENTURIO Hab ich dich endlich, mein kleiner Scheißer.

Judith kämpft kurz mit einem Soldaten, wird aber abgeschüttelt, wie Brian weggeschleppt wird.

Brian kriegt einen Tritt in die Schläfe. Er findet sich einmal mehr in **Pilatus' Audienzsaal** wieder. Auf einem Diwan räkelt sich Pimmulus Longus.

PILATUS Nun denn, Bwian, du hast uns ganz schön an de' Nase wumgeführ't.

Brian Was hab ich?

Der Wachsoldat knufft ihn.

Pilatus Diesmal gawantie' ich, daß du nicht entkommst. Wache, stehen heute Kweuzigungen auf dem Pwogwamm?

Wache Einhundertneununddreißig, Herr, besonderer Festtag, Passah, Herr.

Pilatus Wichtig. Na, dann haben wi' nun eben 140. Schöne, wunde Zahl, wie, Pimmulus?

Der Zenturio kommt ziemlich aufgeregt hereinmarschiert. Er salutiert knapp vor Pilatus.

Zenturio Herr! Die Menge draußen wird etwas unruhig! Bitte um Erlaubnis, sie zu zerstreuen.

Pilatus Ze'stweuen? Abe' ich habe ja meine Wede noch ga' nicht gehalten.

Zenturio Haben Sie schon mal daran gedacht, sie dieses Jahr mal ausfallen zu lassen, Herr?

Pilatus Sie ausfallen zu lassen, Zentuwio? Meine Wede ist eine' de' Höhepunkte jedes Passahs.

Die Wachen wechseln Blicke und müssen ein Lächeln unterdrücken.

Pilatus Pimmulus Longus hat die lange Weise von Wom hie'he' gemacht, nu' um sie zu höwen.

Pimmulus Longus, ein stämmiger, etwas effeminierter Römer, nickt.

Zenturio Ich meine nur, weil die Menge heute in einer komischen Stimmung ist, Herr.

Pilatus Ich bin übe'wascht, Zentuwio, daß du dich von einem Wudel webellische' Wabauken aus de' Wuhe bwingen läßt.

Zenturio Da braut sich was zusammen, Herr.

Unbehagliches Schweigen. Niemand weiß so recht, wo er hinsehen soll. Pilatus wendet sich Brian zu.

Pilatus Bwingt ihn weg, und kweuzigt ihn gwündlich.

Der Wachsoldat salutiert und schleppt Brian hinaus. Pilatus dreht sich um und strebt dem Balkon zum Forum entgegen. Der Zenturio unternimmt einen letzten Versuch, die Sache in Frage zu stellen.

Zenturio Ich würde es wirklich nicht tun, wenn ich Sie wäre, Herr.

Pilatus Aus dem Weg, Zentuwio!

Pimmulus Laff mich mitkommen, Pompfiuf. Vielleicht kann ich dir nüpflich fein, fallf ef plöpflich pfu einer Krife kommen follte.

Der Zenturio blickt himmelwärts – ein stummer Hilferuf. Dann macht er kehrt und folgt ihnen hinaus.

Inzwischen sind die Revolutionäre wieder in **Matthias' Haus** und halten eine weitere Sitzung ab.

Reg Gut, wir kommen zu Punkt 4. Erringen der Weltherrschaft binnen der nächsten vier Jahre. Geschwister Francis, du hast dich damit befaßt.

Francis Ja, danke Reg. Nun, mal ganz ehrlich, Geschwister, ich halte fünf Jahre für optimistisch, es sei denn, wir schaffen es während der nächsten zwölf Monate, das Römische Reich zu zerschlagen.

Reg Zwölf Monate?

Francis Ja, zwölf Monate, und eins müssen wir klar sehen, unter den Weltreichen ist das die Nummer eins, und deshalb sollten wir unsere Ärsche in Bewegung setzen und nicht nur immer davon quatschen.

ALLE Hört, hört.

STAN Ich bin einverstanden: Nicht Worte zählen, sondern Taten, und jetzt brauchen wir Taten.

ALLE Hört, hört.

REG Ihr habt recht, wir können den ganzen Tag hier rumsitzen und Resolutionen verabschieden und gescheite Reden schwingen, aber das juckt doch keinen einzigen römischen Soldaten.

FRANCIS Dann hören wir doch auf zu quasseln. Das ist vollkommen sinnlos und bringt uns kein Stück weiter.

ALLE Genau.

STAN Ich bin einverstanden, das ist reine Zeitverschwendung.

ALLE Einverstanden.

REG Gut, das wäre somit erledigt.

Judith kommt hereingerannt.

JUDITH Brian ist verhaftet worden!

REG Was?

JUDITH Sie haben ihn. Sie wollen ihn kreuzigen.

REG Alsdann, das muß unverzüglich diskutiert werden.

JUDITH Was?

STAN Neuer Antrag?

REG Völlig neuer Antrag. Daß, äh, unverzüglich zur Tat geschritten werden soll.

FRANCIS Sobald darüber abgestimmt worden ist.

REG Natürlich erst, wenn darüber abgestimmt worden ist. Man kann nur handeln aufgrund von Resolutionen, über die man vorher abgestimmt hat.

JUDITH Reg, laß uns bitte gleich gehen.

REG Also gut. In Anbetracht der jüngsten Informationen von seiten Geschwister Judiths.

STAN Nicht so schnell, Reg.

JUDITH Reg, um Gottes willen. Es ist doch ganz einfach.

Ihr müßt nichts weiter tun als durch die Tür da gehen und verhindern, daß die Römer ihn annageln. Genau das geschieht nämlich zur Zeit, Reg. Es geschieht tatsächlich etwas, Reg, begreifst du das denn nicht? – Ach!

Sie stürmt hinaus.

Reg Oje ... mal wieder ein kleiner feministischer Egotrip.

Stan Was!

Reg Oh, tut mir leid, Loretta. Alsdann, Francis, du hattest da doch eine Resolution, die du dem Komitee vorlegen wolltest?

Brian ist nun im **Kerker**, seine Hände sind gefesselt, und er steht in einer Reihe von Gefangenen, die sich langsam vorwärts bewegen. Ein recht einfühlsamer, freundlicher römischer Offizier, Nisus Feuchtus, hakt die Vorbeikommenden auf einer Liste ab.

Nisus Der Nächste? Kreuzigung?

Erster Gefangener Ja.

Nisus Schön ... rechts.

Er hakt ihn ab. Der Kerkermeister nimmt ihm die Handschellen ab.

Nisus Zur Tür hinaus, links anstehen, ein Kreuz pro Nase ... Der Nächste ...

Ein weiterer Gefangener tritt vor.

Nisus Kreuzigung?

Zweiter Gefangener Ja.

Nisus Schön ... Zur Tür hinaus, links anstehen, ein Kreuz pro Nase.

Ein weiterer Gefangener tritt vor.

NISUS Kreuzigung?

HERR DREIST Äh ... nein ... Freilassung ...

NISUS Was?

HERR DREIST Äh ... für mich Freilassung ... Sie haben gesagt, ich hätte nichts verbrochen, und darum würde ich freigelassen und könne irgendwo auf einer Insel leben gehen.

NISUS *blickt in sein Buch* So so, das ist ja bestens ... In diesem Fall ... *Er will Herrn Dreists Namen streichen.*

HERR DREIST Nein ... nein ... Kreuzigung stimmt schon. Ich wollte Sie nur auf den Arm nehmen.

NISUS Aha ... Verstehe. Sehr schön, sehr schön. *Er lacht gezwungen.* Oh, bestens ... Zur Tür hinaus, links ...

HERR DREIST Ja ... ich kenne den Weg ... zur Tür hinaus, links anstehen, ein Kreuz pro Nase.

Inzwischen hat draußen auf dem **Forum** eine Reihe Wachsoldaten große Mühe, eine wogende Menge zurückzuhalten. Ein Dutzend Männer der privaten Elitegarde haben um die Stufen herum strategische Positionen bezogen. Vier Trompeter erscheinen auf der obersten Stufe und blasen eine Fanfare. Die Menge beruhigt sich.
Pilatus, Pimmulus und der Zenturio erscheinen auf dem Balkon.

PILATUS Bü'ge' von Jewusalem!

Die Menge grinst erwartungsvoll. Der Zenturio schließt die Augen und wischt sich den Schweiß von der Oberlippe. Die Stimmung in der Menge ist an sich schon ziemlich bedrohlich, aber hinten gibt es außerdem ein Nest von absolut unverfrorenen Flegeln. Ihr Anführer heißt Bob Hoskins.

PILATUS Wom ist eue' Fweund!

Ein großer Teil der Menge beginnt zu kichern. Der Zenturio wendet sich verlegen ab.

PILATUS Als Beweis unsewe' Fweundschaft ist es zu diese' Zeit Bwauch, einen Wechtsbweche' aus unsewem Ke'ke' fweizugeben.

Munteres Gelächter von der Menge.

PILATUS Wen soll ich nach euwem Willen fweigeben?

Der Zenturio beißt sich auf die Lippen und blickt himmelwärts. Er sieht aus dem Augenwinkel einen grinsenden Wachsoldaten. Der Zenturio bringt ihn mit einem Blick zum Erstarren.

BOB HOSKINS Gib Woge' fwei.

Man hört einige Lacher, und die Menge nimmt das sofort auf.

MENGE Ja! Gib Woge' fwei! Gib Woge' fwei! Wi' wollen Woge'!

Pilatus wendet sich mit gebieterischer Miene dem Zenturio zu. Der Zenturio beißt sich auf die Lippen.

PILATUS Also gut, ich gebe ... Woge' fwei.
ZENTURIO Äh – wir haben keinen Roger, Herr.
PILATUS Was?
ZENTURIO Wir haben niemanden dieses Namens, Herr.
PILATUS Ach ... *Er wendet sich wieder der Menge zu.* Wi' haben keinen Woge'.
JEMAND ANDERS Dann gib Wodewich fwei.
MENGE Ja, gib Wodewich fwei.

Pilatus wendet sich an den Zenturio.

PILATUS Wieso kiche'n die so?
ZENTURIO Ach, bloß irgend so ein jüdischer Witz, Herr.

PILATUS *mit dämmerndem Argwohn* Halten die mich zum Nawwen?

ZENTURIO *hastig* Aber nein, Herr.

BOB HOSKINS Wie steht's, gibst du wenigstens Wodewich fwei?

Erneutes Gelächter. Pilatus scheint zufrieden und breitet wohlwollend die Arme aus.

PILATUS Also gut, ich we'de Wodewich fweigeben.

Der Zenturio macht einen zunehmend gequälten Eindruck.

ZENTURIO Wir ... haben auch keinen Roderich, Herr.

PILATUS Kein Woge'? Kein Wodewich? *Zur Menge gewandt* We' ist diese' Wodewich, von dem die Wede ist?

BOB HOSKINS Ein Wäube'!

Erneutes Gelächter.

JEMAND ANDERS Und ein Waufbold!

Erneutes Gelächter.

JEMAND ANDERS Und ein Wädelsfühwe'.

MENGE Nein, psscht ...

PILATUS Klingt wie ein bewüchtigte' Kwiminelle'. Haben wi' denn übe'haupt jemanden in unsewen Ve'ließen?

ZENTURIO Aber ja Herr. Da wäre zum Beispiel Samson, Herr.

PILATUS Samson?

ZENTURIO *liest von einer Papyrusrolle ab* Samson, der saduzzäische Strangulierer, Herr. Silus, der syrische Schlitzer, sieben sittenlose Straßenräuber aus Cäsarea ...

Plötzlich tritt Pimmulus vor und schnappt sich den Papyrus.

PIMMULUS *eindrucksvoll* Laff mich pfu ihnen pfrechen, Pompfiuf.

Zenturio *instinktiv* Oh, NEIN!
Pilatus Gute Idee, Pimmulus.
Pimmulus *liest von dem Papyrus ab* Feid GEGRÜFT! ...

In den **Kerkern** ist Nisus Feuchtus immer noch dabei, die Kreuzigungskunden abzuhaken. Brian ist unruhig und wartet darauf, an die Reihe zu kommen.

Nisus Der nächste. Kreuzigung?
Gefangener sechsundachtzig Ja.
Nisus Schön. Zur Tür hinaus, links anstehen, ein Kreuz pro Nase. Danke.
Brian Verzeihung!
Nisus Kleinen Augenblick, wenn Sie so freundlich sein wollen. Wie viele sind schon durchgekommen?
Kerkermeister Was?
Nisus Wie viele sind schon durchgekommen?
Kerkermeister Was?
Kerkermeistergehilfe *der bisher Handschellen aufgeschlossen hat* Sie müssen lau- lau- lau- lauter sprechen, Herr. Der i- der ist sch- stocktaub, Herr.
Nisus *sehr laut* WIE ... VIELE ... SIND ... SCHON ... DURCHGEKOMMEN?
Kerkermeister *kichert* He. He.
Nisus Oje.
Kerkermeistergehilfe *hilfsbereit* Ich komm auf hundertf-f-f ... hundertf-f-f ... hundertsechs, Herr.
Nisus Oje. Welch eine sinnlose Verschwendung von Menschenleben, nicht wahr?
Kerkermeistergehilfe Nicht bei diesen Sch-Schweinen, Herr. K-K-K-Kreu ... Kreu ... Kreuzssss ... Kreuzigung ist für die viel zu gut, Herr.
Nisus Ich glaube nicht, daß man sagen kann, das sei zu gut für sie. Kreuzigung ist etwas ganz Schlimmes.

KERKERMEISTERGEHILFE Nicht so sch- sch- sch- schlimm wie das, was ich mir eben ausgedacht habe.

KERKERMEISTER *plötzlich, verschwörerisch* Ich weiß, wo Sie's kriegen können, wenn Sie wollen.

NISUS *verwirrt* Was?

KERKERMEISTERGEHILFE Machen Sie sich wegen dem keine Gedanken. Der ist t-taub und wahnsinnig, Herr.

NISUS Wie hat er diesen Posten bekommen?

KERKERMEISTERGEHILFE Einer von Pilatus' scheiß Lieblingen!

HERR DREIST Mach mal vorwärts, Dicknase, hier hinten warten Leute auf ihre Kreuzigung! *Er lacht vor sich hin.*

BRIAN Könnte ich einen Anwalt sprechen oder so?

NISUS Haben Sie einen Anwalt?

BRIAN Nein, aber ich bin Römer!

HERR DREIST Wie wär's mit einem Wiederaufnahmeverfahren? Wir haben ja Zeit!

RÖMISCHE WACHE *knallt ihm eine* Du da, halt die Schnauze! In die Reihe!

HERR DREIST War nur ein Scherz.

RÖMISCHE WACHE Schnauze!

HERR DREIST Scheiß Jammerlappen, diese Römer – keinen Funken Humor.

NISUS Tut mir leid, wir sind etwas in Eile. Würden Sie bitte hinausgehen, links anstehen, ein Kreuz pro Nase.

Der protestierende Brian wird hinausbugsiert.

Auf dem **Forum** ist alles beim alten geblieben, abgesehen davon, daß der Pöbel, alle Viere von sich streckend und sich den Bauch haltend, sich auf dem Boden wälzt, außer Rand und Band vor Belustigung über die vorangegangene Orgie sprachlicher Peinlichkeiten.

Pimmulus hält immer noch die Schriftrolle, von der er abgelesen hat. Er sieht verblüfft aus. Er wendet sich dem Zenturio zu.

PIMMULUS Hab ich etwaf Wipfigef gefagt?

PILATUS Wuhe! Diese' Mann kommandie't eine wuhmvolle Legion! Dies ist ein Wöme' von Wang und Weichtum!

Erneute Heiterkeit in der Menge.

Im **Gefängnishof** warten 140 Kreuzigungskunden auf den Abmarsch. Nisus spricht zu den dicht gedrängten Reihen.

NISUS Alsdann! Kreuzigungstrupp ...

Unter ihrer Last gebeugt, sehen sie ihn erschöpft an.

NISUS Morgen. Man wird uns sehen, wenn wir durch die Stadt gehen, also geben wir uns keine Blößen ... eine schöne, gerade Linie einhalten ... drei Längen Abstand zum Vordermann ... ein schönes, gleichmäßiges Tempo ... das Kreuz auf der rechten Schulter, und wenn ihr den Rücken gegen den Querbalken stemmt, seid ihr im Handumdrehen da.

PARVUS Kreuzigungstrupp! ... Aach-tung ... Kreuzigungstrupp, und links ... marsch!

Sie schlurfen los, unter Ächzen und Stöhnen.
Wie sie aufbrechen, ertönt ein Ruf aus dem Gefängnis.
Ben hängt kopfunter hinter einem vergitterten Fenster.

BEN Ihr verdammten Glückspilze! Ihr verdammten ... scheiß ... Glückspilze!

Judith eilt durch die belebten **Straßen**. Sie erreicht eine Treppe und steigt auf ein Dach. Schnell öffnet sie einen Korb und läßt einen Schwarm von Tauben frei.

Auf einer entlegenen Hügelkuppe liegt ein sehr seltsamer Mann. Plötzlich erwacht er, setzt sich auf und späht in die Ferne gen Jerusalem.
Gegen die Sonne fliegt ein Schwarm von Tauben auf.
Wie er dies sieht, vollführt der seltsame Mann einen äußerst merkwürdigen, aber komplizierten Tanz.
Auf einer noch ferneren Hügelkuppe bewegt sich ein Strohhaufen, der sich als in Stroh gekleideter Mann erweist. Er beobachtet den Tanz des seltsamen Mannes.

STROH-SPÄHER Das ist das Zeichen!

Augenblicklich erscheint Otto, mit all seinen Mannen.

OTTO Das Zeichen, das das Zeichen ist?
STROH-SPÄHER Ja!
OTTO Männer! Unsere Stunde ist gekommen! Unser Führer ruft! Vorwärts, Männer!

Die Männer marschieren in eine Mauer und ineinander.

OTTO Ach, du mein Schwanz.

Durch die Straßen Jerusalems schleppt sich die Prozession der Kreuzträger. Es geht eine besonders steile Straße hinauf. Manche stehen kurz vor dem Zusammenbruch. Ein Mann, Alfonso, stellt sich besonders fürchterlich an. Ein ziemlich heiligmäßiger Passant tritt hinzu und spricht ihn leise, aber bestimmt an.

HEILIGMÄSSIGER PASSANT Laß mich deine Bürde schultern, Bruder.

Er nimmt Alfonso das Kreuz ab.

ALFONSO Oh, danke schön.

Er schaut sich um ... dann saust er davon.

HEILIGMÄSSIGER PASSANT He!

Wie der heiligmäßige Passant sich anschickt, das Kreuz abzulegen, eilt der Zenturio Parvus herbei.

PARVUS He, was machst denn du da?
HEILIGMÄSSIGER PASSANT Das ist nicht m e i n Kreuz.
PARVUS Halt die Schnauze, und mach vorwärts!
HERR DREIST Oho – der hat dich aber aufs Kreuz gelegt! Das soll dir eine Lehre sein – der hat dich aber echt aufs Kreuz gelegt!

Große Erheiterung. Der Vorfall hat die Kreuzigungskunden entscheidend aufgemuntert.

Aus der Ferne ist eine Woge des Gelächters zu hören. Pilatus ist noch immer bei der Sache.

PILATUS Jetzt we'd ich abe' bald in Wage gewaten. Ich geb euch noch eine Chance. Wen soll ich fweigeben?
MANN IN MENGE Wobe't!
BOB HOSKINS Nein, den hatten wir schon.

Plötzlich taucht Judith auf, ganz außer Atem, aufgeregt.

JUDITH Laß Brian frei!
BOB HOSKINS Oh, der ist toll. Ja, laff Bwian fwei!

Das Gelächter der Menge klingt inzwischen ein wenig gezwungen, aber der Sprechchor »Laß Bwian fwei« wird aufgenommen.

PILATUS *explodiert* Jetzt weicht's! Ich lasse keinen fwei!

Die Menge gibt enttäuschte »Oh«-Laute von sich.

ZENTURIO Äh! . . . Einen Brian hätten wir, Herr!
PILATUS Was?
ZENTURIO Sie haben ihn soeben zur Kreuzigung geschickt, Herr.

Pilatus *baff* Oh. Na, dann lassen Sie ihn fwei, Zentuwio, stwacks.

Der Zenturio flitzt davon, während sich Pilatus wieder der Menge zuwendet.

Pilatus Also schön. Ich lasse Bwian frei!

Der Kreuzigungstrupp ist nun außerhalb der Stadttore angelangt und steuert auf den Hügel Golgotha zu. Ein paar Kreuze stehen bereits. Herr Dreist scheint sich von diesem Anblick nicht sonderlich beeindrucken zu lassen.

Parvus Los, etwas schneller da vorne!

Herr Dreist Sonst geschieht was?

Parvus Sonst kriegst du Ärger.

Herr Dreist Oje! Soll das heißen, daß ich mich dann nachmittags nicht mehr kreuzigen lassen darf?

Parvus *genervt, weil ihm ein logischer Patzer unter die Nase gerieben wird* Schnauze!

Herr Dreist Das wäre allerdings ein harter Schlag ... Da hätt ich ja nichts mehr zu tun, nicht wahr?

Parvus gibt ihm eins auf den Deckel.

Herr Dreist Danke schön. Scheiß Römer.

Der große Zenturio wetzt auf Brians Fährte die Treppe hinunter zu den leeren **Verliesen**. Nur der Kerkermeister und sein Gehilfe sind noch da.

Zenturio Wo sind die hin?

Kerkermeister Wir haben Haufen davon im Hinterhof.

Zenturio Was?

Kerkermeistergehilfe Ach, machen Sie sich wegen dem keine Gedanken. Der ist w-www-ww-wahnsinnig, Herr.

ZENTURIO Sind sie weg?

KERKERMEISTERGEHILFE *seltsam gestikulierend* Oh n ... n ... n ... n ... n ... n ...

Der Zenturio kapituliert und rast hinaus.

KERKERMEISTERGEHILFE n ... n ... ja, Herr. Was soll's. Erzähl weiter.

KERKERMEISTER Na ja, ich wußte ja, daß sie nie auf ihn scharf gewesen war, also fragte ich mich: »Worauf will die denn hinaus?«

In **Mandys Küche** sitzen die Revolutionäre und debattieren.

REG Schön, damit wäre der Antrag, endlich vorwärtszumachen, angenommen, mit einer Enthaltung. Ich schlage vor, ohne weiteres aufzubrechen. Wird mich da jemand unterstützen?

FRANCIS Nein ... gehen wir doch einfach.

ALLE Wenn's denn sein muß ...

Sie gehen.

In den geschäftigen **Marktstraßen** schubsen der Zenturio und seine Wache die Leute beiseite. Der Zenturio rempelt einen Bettler an.

BETTLER Römischer Hund!

ZENTURIO Paß auf, es sind noch ein paar Kreuze frei.

Dem ist allerdings so. Einige Kreuze stehen bereits. Ein weiteres wird von zwei, drei römischen Soldaten mit geübten Handgriffen aufgestellt. Sie treten einen Schritt zurück. Am Kreuz hängt Dicknase. Parvus hat die Aufsicht.

DICKNASE Dafür krieg ich dich noch, du Schwein.

PARVUS Ach ja?

DICKNASE O ja. Keine Sorge. Gesichter vergeß ich nie.

PARVUS Nein?

DICKNASE Dich knöpf ich mir ganz bestimmt noch vor, Alter.

PARVUS Schnauze, jüdischer Hund.

DICKNASE Wen nennst du da einen Juden? Ich bin kein Jude. Ich bin Samariter.

Die kultivierte Stimme vom Kreuz nebenan gehört Herrn Gregory. Er hängt bereits am Kreuz, und derselbe kleine Junge hält den hohen Sonnenschirm über sein Haupt.

GREGORY Ein Samariter? Das hier sollte doch der jüdische Sektor sein.

PARVUS Spielt keine Rolle. In ein bis zwei Tagen sterbt ihr sowieso alle.

GREGORY Für dich spielt das vielleicht keine Rolle, Römer, aber für uns spielt es eine große Rolle, nicht wahr, Schatz?

Seine Frau, die an das Kreuz neben ihm genagelt ist, nickt. Leute an anderen Kreuzen nicken ebenfalls. Zustimmendes Gemurmel.

PHARISÄER Pharisäer getrennt von Sadduzäern.

PARVUS Na schön. Das werden wir gleich haben. Hand hoch, wer nicht hier gekreuzigt werden will.

Sie bemühen sich, ihre Hände hochzuhalten.

PARVUS Na also. Und jetzt Schnauze, alle miteinander. Wer ist der nächste?

Der heiligmäßige Mann, der Alfonsos Bürde geschultert hat, tritt vor.

PARVUS Leg dich auf den Balken.

HEILIGMÄSSIGER PASSANT Das ist nicht mein Kreuz.

PARVUS Was?

HEILIGMÄSSIGER MANN Ich hab es nur für einen anderen gehütet.

PARVUS Leg dich einfach hin, ich hab nicht den ganzen Tag Zeit.

HEILIGMÄSSIGER PASSANT Selbstverständlich. Hören Sie, ich will Ihnen ja keine Scherereien machen, aber . . .

PARVUS Hör mal, wir haben viel Stress heute . . . Hundertvierzig Stück von deiner Sorte müssen wir aufstellen, also lassen wir doch die Witze und machen vorwärts.

GREGORY Ist er Jude?

PARVUS Halt die Fresse.

Sie stellen das Kreuz, auf das der heiligmäßige Passant gefesselt ist, auf und verkeilen es im entsprechenden Loch.

HEILIGMÄSSIGER PASSANT Äh . . . laßt ihr mich wieder runter, wenn er zurückkommt?

PARVUS *leichthin* Ja, ja, dann lassen wir dich wieder runter. Der nächste!

Brian wird grob gepackt und vorwärts geschubst.

BRIAN Hören Sie, Sie brauchen das nicht zu tun. Sie müssen keine Befehle ausführen.

PARVUS Es macht mir aber Spaß, Befehle auszuführen.

Inzwischen marschieren die Revolutionäre in grimmiger Entschlossenheit durch die Straßen zum Stadttor. Sie wirken wie eine Gewerkschaftsdelegation. Sie steuern auf Golgotha zu, wo Brians Kreuz nun aufgestellt wird. Einen Moment lang sehen wir seine Angst und sein Leiden.
Eine kurze Pause.

HERR DREIST Siehste? Halb so wild, wenn man mal oben ist.

Herr Dreist nickt Brian, der am Nachbarkreuz hängt, munter zu.

HERR DREIST Du läßt dich retten, wie?

BRIAN Dafür ist es jetzt etwas spät, oder?

HERR DREIST Nöö – wir haben hier oben noch 'n paar Tage vor uns – haufenweise Zeit – da werden viele gerettet.

BRIAN Aha.

HERR DREIST Ich werde gewöhnlich von meinem Bruder gerettet ... wenn er sich mal zwanzig Minuten von seinen Ärschen losreißen kann ... geiler kleiner Hurenbock ... immer auf und ab wie das assyrische Reich! *Er lacht vor sich hin.* Hallo, kommt da deine Familie?

BRIAN *voller Erleichterung, wie er die Revolutionäre kommen sieht* Reg!

Sie gruppieren sich unter Brians Kreuz, und Reg tritt vor.

REG Hallo, Geschwister Brian.

BRIAN Gott sei Dank seid ihr gekommen, Reg.

REG Ah ... nun, ich sollte dich fairerweise darauf hinweisen, daß wir nicht eigentlich das Rettungskomitee sind. *Er entrollt einen Papyrus.* Hingegen hat man mich gebeten, folgende vorbereitete Erklärung von seiten der Bewegung vorzulesen. *Er räuspert sich.* »Wir, die Volksfront Judäas, Klammer auf Funktionäre Klammer zu, entrichten dir, Brian, unsere aufrichtigen und herzlichsten Glückwünsche zu diesem Tag deines Martyriums.«

Kopfnicken und beipflichtendes Gemurmel von den anderen. Brian ist entsetzt.

BRIAN Was?

REG »Dein Tod wird dastehen als Meilenstein im fortwährenden Kampf um die endgültige Befreiung unseres Elternlands aus den Klauen der römischen imperialistischen Aggressoren mit Ausnahme der Verantwortlichen für Stadtentwässerung, Straßen, Verbesserung der Wohnkultur, Weinbau und all jener Römer, die zum Wohle der Juden beider Geschlechter sowie Hermaphroditen beigetragen haben. Unterzeichnet, namens der V. J. usw ...« *Er läßt die Schriftrolle sinken.* Ich möchte kurz noch etwas persönlicher werden und meiner eigenen Bewunderung dafür Ausdruck geben, was du hier für uns tust, gerade in dieser Zeit, die doch für dich, Brian, recht schwierig sein muß.

Er rollt den Papyrus zusammen. Brian starrt ihn ungläubig an.

BRIAN Reg ... was wollt ihr denn jetzt ...
REG Lebwohl, Brian, und danke.
FRANCIS Lebwohl, Brian. Gut gemacht.
STAN Sehr schön, Brian, weiter so.

Ein Stück weit entfernt gruppieren sie sich von neuem, drehen sich um und singen »Hoch soll er leben«, worauf sie sich aus dem Staub machen, da der Zenturio aus der Stadt herbeigestürmt kommt.

ZENTURIO Welcher von euch ist Brian von Nazareth?
BRIAN *inbrünstig die Revolutionäre beschimpfend* Ihr Schweine!
ZENTURIO Ich hab hier den Befehl, ihn freizulassen.

Brian ist zu sehr damit beschäftigt, die Revolutionäre zu beschimpfen, um ihn zu hören. Herr Dreist dagegen hat das mitgekriegt.

HERR DREIST Oh, ich bin Brian von Nazareth.
BRIAN Was?

HERR DREIST Ich bin Brian von Nazareth.
ZENTURIO Dann holt ihn runter.
BRIAN Ich bin Brian von Nazareth.
DICKNASE *schnell schaltend* Nein, ich bin Brian von Nazareth.
EIN ANDERER Ich bin Brian.
GREGORY Ich bin Brian. Und meine Frau auch gleich.
ALLE Ich bin Brian! Ich bin Brian! Ich bin Brian!

Herr Dreist ist vom Kreuz abgenommen worden.

ZENTURIO Laßt ihn frei.
HERR DREIST Nein, war nur Spaß. Ich bin gar nicht Brian.

Er wird von den Soldaten weggeschleppt.

HERR DREIST Ich bin nicht Brian. Ich habe euch angeschwindelt. Ehrlich, ich wollte euch nur aufn Arm nehmen. Ich hab euch verarscht.
BRIAN Nein, er ist nicht Brian. Ich bin Brian.
ALLE KREUZIGUNGSKUNDEN Ich bin Brian, ich bin Brian.
HERR DREIST Ein kleiner Scherz. Weiter nichts. Bringt mich zurück.

Aber er wird weggezerrt. Plötzlich blickt Parvus auf. Er hat etwas gehört.
Otto und seine Männer tauchen am Horizont auf.

BRIAN Otto! *In seinen Augen flackert neuer Mut auf.*
OTTO Männer, Attacke!

Sie greifen an.
Die Römer sehen diese furchteinflößende Armee auf sie zustürmen, fummeln nervös an ihren Schwertern herum und kippen schließlich um und rennen weg in Richtung Stadttor. Brians Miene erhellt sich, wie er Ottos Armee im Laufschritt anrücken sieht. Die Armee kommt unter

dem Kreuz an, die Schwerter hoch erhoben. Die Römer sind alle weggerannt.

OTTO *zu Brian* Führer! Wir grüßen dich. Männer! Sterbt für eure Sache!

Mit tadelloser Präzision stechen sie sich alle ab, auch Otto.

OTTO Siehst du. Jeder Mann ein Held. Sie starben für ihr Vaterland.
BRIAN Ihr blöden Hunde.

Judith eilt herbei.

JUDITH Brian! Brian!
BRIAN Judith!
JUDITH Phantastisch! Toll!
BRIAN Du meinst, ich werde freigelassen?
JUDITH Nein, wirst du nicht, darum geht's ja. Reg hat mir alles erklärt, und ich finde das ganz toll, was du da machst. Danke, Brian. Ich . . . ich werde dich nie vergessen.

Sie macht kehrt und eilt davon.

BRIAN Judith . . .

Da taucht Mandy auf. Sie ist wütend.

MANDY So, da steckst du also. Ich hätte mir ja denken können, daß es mal so kommt. Wenn ich an all die Liebe und Zuneigung denke, die ich an dich verschwendet habe. Nun, wenn du so mit deiner Mutter umspringst, im Herbst ihres Lebens, dann kann ich nur sagen: Nur zu, laß dich kreuzigen, mir kann's ja egal sein.

Sie verzieht sich.

BRIAN Mama!

Brian, nun endgültig von allen im Stich gelassen, ist total deprimiert und verzweifelt. Plötzlich ertönt eine kecke Stimme vom Kreuz hinter ihm und versucht ihn aufzumuntern.

HERR FRISBEE III Kopf hoch, Brian. Du weißt doch, was man so sagt.
Some things in life are bad,
They can really make you mad,
Other things just make you swear and curse.
When you're chewing on life's gristle,
Don't grumble, give a whistle
And this will help things turn out for the best . . .
And . . .
(Musik schleicht sich ins Lied)
. . . always look on the bright side of life
(Pfeifen)
Always look on the light side of life.
(Pfeifen)
If life seems jolly rotten,
There's something you've forgotten,
And that's to laugh and smile and dance and sing.
When you're feeling in the dumps,
Don't be silly chumps,
Just purse your lips and whistle – that's the thing.
And . . . always look on the bright side of life . . .
(Pfeifen)
Come on.
(andere stimmen allmählich ein)
Always look on the right side of life . . .
(Pfeifen)
For life is quite absurd
And death's the final word
You must always face the curtain with a bow.

Forget about your sin – give the audiences a grin
Enjoy it – it's your last chance anyhow.
So always look on the bright side of death
Just before you draw your terminal breath.
Life's a piece of shit
When you look at it
Life's a laugh and death's a joke, it's true
You'll see it's all a show,
Keep 'em laughing as you go
Just remember that the last laugh is on you.
And always look on the bright side of life . . .
(Pfeifen)
Always look on the right side of life.
(Pfeifen)
[Im Leben ist manches schlimm
Das macht uns wirklich grimm
And'res stimmt bloß ärgerlich und barsch
Will das Leben dich mal kneifen
Nur nicht murren, sondern pfeifen
Und schon ist alles voll und ganz perfekt
Und . . .
. . . schau stets auf die Sonnenseite des Lebens
Schau stets auf die Wonnenseite des Lebens . . .
Scheint das Leben mal beschissen
Hast du sicher was vergessen
Nämlich Lachen, Lächeln, Tanzen und Gesang
Hast du auch ein arges Tief
Bleib doch nicht in deinem Mief
Spitz den Mund und pfeif ganz ohne Zwang
Und . . . schau stets auf die Sonnenseite des Lebens
Komm schon
Schau stets auf die Wonnenseite des Lebens . . .
Das Leben ist absurd
Der Tod das letzte Wort

Mach einen Knicks, wenn einst der Vorhang fällt
Vergiß die Last der Sünden
Schenk dem Publikum ein Grinsen
Genieß die letzte Chance auf dieser Welt.
Drum schau stets auf die Sonnenseite des Todes
Vor dem letzten Schnaufer deines Odems
Das Leben ist ein Scheiß
Was wohl jeder weiß
Der Tod gehört gewiß zum Allerletzten
Nichts als Show, du verstehst
Mach sie lachen, wenn du gehst
Aber denk daran, wer zuletzt lacht, lacht am besten
Und schau stets auf die Sonnenseite des Lebens . . .
Schau stets auf die Wonnenseite des Lebens]

Inzwischen singen alle mit, während die Kamera zurückfährt und alle Kreuze im spätabendlichen Sonnenlicht ins Bild kommen. Die Kamera schwenkt nach oben und weg zum Himmel, und das Bild wird abgeblendet.

ENDE

DRAMATIS PERSONAE
in der Reihenfolge ihres Auftretens

DIE JUNGFRAU MANDY, BRIANS MUTTER (EINE SCHRECKSCHRAUBE)	Terry Jones
ERSTER WEISER	Graham Chapman
ZWEITER WEISER	Michael Palin
DRITTER WEISER	John Cleese
JESUS CHRISTUS	Ken Colley
BRIAN GENANNT BRIAN	Graham Chapman
HERR DICKNASE	Michael Palin
FRAU DICKNASE	Gwen Taylor
HERR DREIST	Eric Idle
HERR GREGORY	Terence Bayler
FRAU GREGORY	Carol Cleveland
MANN WEITER VORN	Charles McKeown
NOCH JEMAND WEITER VORN	Terry Gilliam
FRANCIS, EIN REVOLUTIONÄR	Michael Palin
REG, FÜHRER DER VOLKSFRONT JUDÄAS	John Cleese
STAN, GENANNT LORETTA, EIN ETWAS VERWIRRTER REVOLUTIONÄR	Eric Idle
JUDITH, EINE WUNDERSCHÖNE REVOLUTIONÄRIN	Sue Jones-Davis
HARRY, DER FEILSCHER, EIN STEIN- UND BARTHÄNDLER	Eric Idle
FRAU MIT KRANKEM ESEL	Gwen Taylor
JÜDISCHER BEAMTER BEI DER STEINIGUNG	John Cleese
MATTHIAS, EIN ZU STEINIGENDER	John Young
STEINIGUNGSGEHILFE	Bernard McKenna
NOCH EIN STEINIGUNGSGEHILFE	Andrew MacLachlan
MISSETÄTERIN, DIE DEN ERSTEN STEIN WIRFT	Eric Idle
FRAU A., DIE DEN ZWEITEN STEIN WIRFT	Michael Palin
EX-LEPRÖSER	Michael Palin

FEIGER SAMARITER IM
AMPHITHEATER . . . . Neil Innes
REVOLUTIONÄRE UND MASKIERTE
KOMMANDOSOLDATEN . . . . Terence Bayler,
. . . . Terry Gilliam
. . . . .Bernard McKenna,
. . . . Chris Langham
. . . . Andrew MacLachlan
. . . . Charles McKeown
ZENTURIO AUF DEM PLATZ . . . . .John Cleese
RÖMISCHER SOLDAT
STIG . . . . Charles McKeown
DER TÖDLICHE DIRK . . . . .John Cleese
PILATUS' FRAU . . . . John Case
BEN, EIN URALTER
GEFANGENER . . . . Michael Palin
PONTIUS PILATUS, RÖMISCHER
STATTHALTER . . . . Michael Palin
KICHERNDE WÄCHTER . . . . Chris Langham
. . . . Charles McKeown
. . . . Bernard McKenna
. . . . Andrew MacLachlan
PASSANT . . . . Charles Knode
APOKALYPTISCHER
PROPHET . . . . Terry Gilliam
FALSCHER PROPHET . . . . Charles McKeown
LANGWEILIGER PROPHET . . . . Michael Palin
DIVERSE PASSANTEN
COLIN . . . . .Terry Jones
DENNIS . . . . Terence Bayler
GEOFFREY . . . . Terry Gilliam
EDDIE . . . . Michael Palin
ARTHUR . . . . .John Cleese
ELSIE . . . . Carol Cleveland
STINKLANGWEILIGER JÜNGLING . . . . Eric Idle
JUNGES MÄDCHEN . . . . Gwen Taylor
SPIKE . . . . Spike Milligan
ANDERE . . . . John Young
. . . . Andrew MacLachlan
HERR PAPADOPOULOS . . . . George Harrison
SIMON DER HEILIGE . . . . .Terry Jones
BLINDER . . . . Charles McKeown

OTTO, DER NAZIRENER . . . . Eric Idle
PIMMULUS LONGUS . . . . Graham Chapman
NISUS FEUCHTUS . . . . Michael Palin
BOB HOSKINS . . . . Terry Jones
PARVUS, EIN
ZENTURIO . . . . Bernard McKenna
KERKERMEISTER . . . . Terry Gilliam
KERKERMEISTERGEHILFE . . . . Eric Idle
HEILIGMÄSSIGER PASSANT . . . . Terry Jones
ALFONSO . . . . Chris Langham
HERR FRISBEE III . . . . Eric Idle

STAB

REGIE . . . . Terry Jones
DREHBUCH . . . . Graham Chapman
. . . . John Cleese
. . . . Terry Gilliam
. . . . Eric Idle
. . . . Terry Jones
. . . . Michael Palin
REGIE-ASSISTENZ . . . . Jonathan Benson
ART DIRECTOR UND REGIE DER
TRICKFILM-SEQUENZEN . . . . Terry Gilliam
KAMERA . . . . Peter Biziou
SCHNITT . . . . Julian Doyle
AUSSTATTUNG . . . . Roger Christian
KOSTÜME . . . . Hazel Pethig
. . . . Charles Knode
MASKE . . . . Maggie Weston
. . . . Elaine Crew
MUSIK . . . . Geoffrey Burgon
SONGS
»BRIAN« . . . . André Jacquemin &
David Howman, gesungen von Sonia Jones
»THE BRIGHT SIDE OF LIFE« . . . . Eric Idle
TON . . . . John Foster
. . . . Garth Marshall
PRODUKTION . . . . Tim Hampton für
Handmade Films
PRODUZENT . . . . John Goldstone
AUSFÜHRENDE
PRODUZENTEN . . . . George Harrison
. . . . Denis O'Brien

Apokryphe Szenen

WIE ALLES ANFING

Es begab sich aber zu der Zeit, daß ein Gebot von dem Kaiser Augustus ausging, daß alle Welt geschätzt würde. Tausende flohen ins Steuerexil nach Judäa und gründeten Überseegesellschaften mit beschränkter Haftung. Unter ihnen befand sich Mandy Cohen, die Mutter Brians, die mit dem Kinde des Schwerus Noetus schwanger war. Eines Nachts, kurz vor Weihnachten, sitzen drei Hirten bei ihren Schafen am Lagerfeuer. Während des folgenden Dialogs spielt sich im Hintergrund, von ihnen gänzlich unbemerkt, so manches ab, aber die drei Hirten haben Wichtigeres zu besprechen.

ERSTER HIRTE Ich liebe Schafe.
ZWEITER HIRTE Ja, ich auch.
DRITTER HIRTE Ich genauso. Tolle Tiere.
ERSTER HIRTE Nie Ärger mit ihnen.
ZWEITER HIRTE Nein, überhaupt keinen Ärger.
DRITTER HIRTE Außer beim Scheren.
ZWEITER HIRTE Mir gefällt das, wie die beim Scheren ein bißchen sauer werden. Das zeigt, daß sie auch nur Menschen sind.

Hinter ihnen am Himmel zieht der Stern von Bethlehem vorbei.

DRITTER HIRTE Klar. Ich wollte damit nicht sagen, daß ich sie beim Scheren nicht mag. Aber dabei können die einen schon ganz schön auf Trab halten, nicht wahr?
ZWEITER HIRTE Das würdest du auch, wenn man mit einer Gewaltsschere an dir rumschnippeln würde, während jemand deine Hinterbeine festhält.

Im Hintergrund reiten die drei Weisen auf ihren Kamelen vorbei, dem Stern folgend.

Dritter Hirte Versteh mich nicht falsch, Morris. Grundsätzlich liebe ich Schafe. Ich würde alles für sie tun.

Erster Hirte Und die kleinen Lämmchen im Frühjahr . . .

Dritter Hirte Du sagst es. Die sind ja so was von geschickt.

Zweiter Hirte Und gewitzt.

Erster Hirte Sind die gewitzt?

Dritter Hirte Ja . . . die sind . . . ganz gewitzt.

Zweiter Hirte Von allen Geschöpfen Gottes haben die Schafe den schönsten Nachwuchs.

Hinter ihnen lassen die himmlischen Heerscharen das Firmament erstrahlen zur Verkündigung der Geburt des Erlösers.

Erster Hirte Ich kann mir nichts vorstellen, was ich lieber täte, als Schafe zu hüten. Die einzigen anderen Tiere, die zu hüten ich einen Funken Interesse aufbringen könnte . . . wären Katzen.

Zweiter Hirte Katzenherden gibt's aber nicht.

Erster Hirte Sag ich ja gar nicht, Morris.

Dritter Hirte Eine Katzenherde könntest du doch niemals hüten . . .

Zweiter Hirte Stell dir mal vor . . . riesige Herden von Katzen! Die würden doch überall rumtoben und kratzen und beißen.

Gegen 0 v. Chr. drehten die Leute allgemein ein wenig durch, weil sie die Jahre rückwärts gezählt hatten. Und nun gingen ihnen die Zahlen aus. Als sie dann in das Jahr Minus Eins gelangten, gerieten alle ziemlich aus dem Häuschen, weil keiner die Zahl 0 erreichen wollte, die ja die Unendlichkeit darstellt. Drum machte man so 'ne Art Kompromiß und schaltete direkt auf Plus Eins um, also 1 A.D. Jedenfalls waren unsere Hirten nicht die einzigen, die zu der Zeit nervös waren.

ERSTER HIRTE Pscht. Ich hab da drüben sich etwas bewegen hören.

ZWEITER HIRTE Wölfe?

DRITTER HIRTE Könnte sein.

ERSTER HIRTE *schmeißt einen Stein in die Dunkelheit* Da hast du's, du Saukerl!

VIERTER HIRTE *der den Stein voll auf die Nase kriegt* Aua! Warum machst du das?

ERSTER HIRTE 'tschuldigung. Wir haben dich für einen Wolf gehalten.

Während sich der vierte Hirte schmerzerfüllt die Nase hält, tritt ein fünfter Hirte vor, um große Freude zu verkündigen.

FÜNFTER HIRTE Hört mal alle her, was wir gesehen haben . . .! Eben ist etwas Unglaubliches, etwas ganz Wunderbares geschehen . . .

VIERTER HIRTE Sag's ihnen nicht!

FÜNFTER HIRTE Aber die haben doch gesagt, wir sollten allen davon erzählen.

VIERTER HIRTE Doch nicht Leuten, die einem die Nase brechen, verdammt noch mal!

FÜNFTER HIRTE Können wir ihnen nicht wenigstens erzählen, wie prachtvoll . . .

VIERTER HIRTE *zerrt den fünften Hirten weg* Nein. Komm schon.

ERSTER HIRTE *ruft ihnen nach* So ist's recht, überlaßt ihr eure Schafe den Wölfen! Und so was nennt sich Hirte! Ihr seid eine Schande für unseren Beruf! So was Abscheuliches: Lassen die doch diese hilflosen kleinen Fellknäuel allein auf den Hügeln liegen.

ZWEITER HIRTE Nur damit sie nach Bethlehem runtergehn und sich besaufen können.

Pause.

ERSTER HIRTE Ist es schon A.D.?
DRITTER HIRTE Etwa Viertel nach.

DER GEHEILTE SPINNER

Ein recht ansehnliches Haus im nördlichen Teil Bethaniens, etwa hundert Meter von der Stelle, wo das Kino gestanden hätte, wäre es damals schon erfunden gewesen. Herein in den Hof treten Vater, Mutter, Tochter, der lange, ziemlich bescheuerte Sohn und die schmächtige kleine Tante Miriam. Sie kehren offensichtlich von einer langen Reise nach Hause zurück. Diener entladen Esel usw. Mutter tritt mit geschäftsmäßigem Schritt ins Haus. Die anderen folgen ihr. Wir gehen mit ihnen ins Haus. Da ist ein Wohnbereich mit einem Tisch in der Mitte.

MUTTER Tante Miriam! Bring die Kuchen raus.
VATER Soll ich ... etwas Wein holen?
MUTTER *geschäftig und etwas scharf* Wenn du meinst, Schatz.
VATER Ja ... äh ... doch. Warum auch nicht, Schatz, es ist ja irgendwie ein besonderer Anlaß, nicht wahr ... Ich finde wirklich, das verdient eine Art ... Ich zisch nur mal schnell zu Ephraim rüber und kauf ein paar Flaschen vom Billigen. *Er geht zur Tür.*
MUTTER Ein paar Flaschen?
VATER Ja ... nun ... ich mag es nicht, wenn's plötzlich zu knapp wird, Schatz.
MUTTER Du wirst der einzige sein, der davon trinkt.
VATER Ach so ... da magst du recht haben. Nun, dann

hol ich nur die eine Flasche, zum jetzt Trinken ... und vielleicht noch eine dazu, so ... *murmelt ein wenig* ... als ... Reserve.

MUTTER *scharf* Was?

VATER Als Reserve, Schatz, weißt du, damit wir eine im Schrank haben für das nächste ... Jahr oder so ... weißt du.

Vater geht schnell hinaus. Mutter sieht ihren etwas abwesend dreinschauenden Sohn an.

MUTTER Und, wie fühlst du dich, jetzt wo du geheilt bist?

SOHN Ganz gut.

MUTTER Dein Vater und ich haben eine Menge Geld ausgegeben, damit du nach Jerusalem kommst.

SOHN Ja. Danke schön.

MUTTER Es war nicht leicht für uns, weißt du. Eine Menge unserer Freunde waren gar nicht damit einverstanden. Ich meine, wir gehören sonst nicht zu den Leuten, die sich ins Getümmel stürzen.

SOHN Nein.

MUTTER Du warst ein Spinner, weißt du. Du warst total übergeschnappt. Du hast dich für eine Fledermaus gehalten.

SOHN Ach?

MUTTER O ja ... Du bist die ganze Zeit herumgerannt, hast geflattert und seltsame hohe Laute ausgestoßen. Du hast auf Schränken gehockt und die Leute angefaucht.

SOHN Aha.

MUTTER Ja, du warst ganz schlimm, nicht wahr, Miriam?

TANTE MIRIAM O ja. *Sie ist immer noch damit beschäftigt, die Kuchen aufzutischen, was ziemlich jämmerlich ausfällt.*

MUTTER Nun, vielleicht kannst du jetzt etwas im Haushalt mithelfen. Deiner Mutter nützlich sein.

Miriam reicht die Kuchen herum.

TANTE MIRIAM Jesus schien ganz nett zu sein.
MUTTER Doch, sehr sympathisch. Wir haben ein wenig über Schulen geplaudert.

Die Tochter, ein Teenager, sitzt mit glänzenden Augen da und starrt ins Leere.

TOCHTER Mir gefällt Petrus am besten. Der hat so verträumte Augen.

Plötzlich gibt der Sohn ein seltsames, hohes Fiepen von sich. Alle drehen sich um.

MUTTER Was ist mit dir?
SOHN Nichts, Mutti, ich hab mich bloß 'n bißchen wie 'ne Fledermaus gefühlt.
MUTTER Nein!
TANTE MIRIAM Oje.
SOHN Nur ein bißchen. Ich habe mich nur ein bißchen fledermausig gefühlt, nur einen Moment lang.
MUTTER Wie fledermausig?
SOHN Nur einen Moment lang, glaubte ich, wieder zu fliegen, mich ohne Augenlicht von Sims zu Sims zu schwingen ... weiter nichts.
MUTTER Du bist aber keine Fledermaus mehr. Nicht wahr, Paul? Das weißt du doch.
SOHN Klar, Mutti, bloß wünschte ich noch manchmal, ich wäre eine.

Vater tritt wieder ein.

VATER Ich hab zwei Fläschchen besorgt, für alle Fälle.

Mutter tritt zu ihm, in einiger Bestürzung.

VATER Was ist denn?
MUTTER *aus dem Mundwinkel* Laß dir nichts anmerken, aber Paul hat eben ein fledermausiges Geräusch gemacht.

VATER Ach nein. War er wieder auf den Schränken?
MUTTER Nein.

Vater geht zu seinem Sohn.

VATER Wie geht's dir, Paul?
SOHN Gut, danke, Vati.

Vater wirft Mutter einen Blick zu.

VATER Na, gut. Ah, die Kuchen, wie schön.

Sie setzen sich zu Tisch.

VATER Äh . . . ich denke, ich werde vielleicht einen Tropfen Wein nehmen, hat sonst je. . .
MUTTER Nein, danke.

Schweigen, während Vater etwas unbehaglich seinen Wein einschenkt.

TOCHTER Meiner Freundin gefällt Thomas, genannt Didymus, am besten. Ach ja, Markus auch. Aber ich finde, Markus hat eine ziemlich dicke Nase, und Simon Zelotes . . . ächz! Den mag ich überhaupt nicht.
VATER Köstliche Kuchen, ich muß schon sagen, Tante Miriam.
TANTE MIRIAM Die hab ich in Jerusalem gekauft.
VATER Ach ja, nun, sie schmecken jedenfalls sehr gut.
MUTTER *scharf* Wo willst du hin?
SOHN Ich geh meinen Kuchen auf dem Schrank essen.

Er zieht einen Stuhl hinüber und macht Anstalten, den Schrank zu erklimmen.

MUTTER *zu Vater* Was hab ich dir gesagt!
VATER Ja, schon, aber es geht ihm doch viel besser, Schatz.
MUTTER Was soll das heißen – »besser«!

VATER Nun, ich meine, es ist ja nicht unbedingt etwas dabei, wenn man seine Kuchen auf dem Schrank essen will.

MUTTER *lauter werdend* Und ob etwas dabei ist, du blöder Mann! Kein vernünftiger Mensch, der bei Verstand ist, geht seine Kuchen auf einem Schrank essen!

VATER Äh ... Paul. Paul!

Der Sohn ist eben dabei, auf den Schrank zu klettern.

VATER Paul, warum gehst du deinen Kuchen auf dem Schrank oben essen?

SOHN Hier oben ist es bequemer, Vati. Stört es dich?

VATER Na ja, deine Mutter und ich hätten es schon lieber, wenn du runterkommen und mit uns am Tisch essen würdest.

SOHN Ach so. Na schön.

Er steigt herunter und kommt an den Tisch.

SOHN Ist das so was, was ich früher gemacht habe, als ich eine Fledermaus war?

VATER *schnell* Na ja, du hast damals schon seltsame Dinge gemacht, mein Lieber, aber das ist jetzt alles vorbei.

SOHN Klar, ich halte mich ja auch nicht mehr für eine Fledermaus.

VATER Nein.

SOHN *nach einer Pause, in welcher sich die Stimmung etwas entspannt hat* Schon merkwürdig, daß ich keine Fledermaus bin, wo doch meine Eltern beide Fledermäuse sind.

Mutter blickt auf und will eben aufschreien, da kommt Vater ihr zuvor.

VATER Nein ... nein ... deine Mutter und ich sind keine Fledermäuse.

SOHN Wieso fiept ihr dann?

VATER Wir fiepen doch nicht ... Paul.

Mutter kann sich nicht länger beherrschen.

MUTTER Ich hab dir gleich gesagt, das sei bloße Zeitverschwendung, herausgeschmissenes Geld. Den bring ich grad zurück!

VATER Jetzt heb nicht gleich ab.

MUTTER Das hat man ihm doch angeblich alles ausgetrieben!

VATER Na ja, immerhin kann man jetzt mit ihm ein vernünftiges Gespräch führen.

MUTTER Über Fledermäuse!

VATER Laß ihm etwas Zeit, Schatz.

MUTTER Ich bin doch nicht zwei Tage und zwei Nächte Schlange gestanden, damit ich ein Gespräch über F l e d e r m ä u s e führen kann!

SOHN Von Fledermäusen kann man eine ganze Menge lernen, Mutti.

MUTTER Sieh ihn dir an ... der ist doch total durchgedreht!

VATER Also hör mal, Paul ...

MUTTER Und du könntest aufhören, das Zeug da zu trinken, du ekliger alter Suffkopf!

VATER Es ist doch nur ein Gläschen.

MUTTER Ich kenn dich doch – jetzt ist es nur ein Gläschen, aber bald werden es eineinhalb Gläschen sein, dann werden es zwei Gläschen sein, und eh man sich's versieht, werden es zweieinhalb Gläschen sein und schließlich dreieinhalb.

TANTE MIRIAM Oje.

SOHN Fledermausforschung könnte mich wirklich interessieren.

MUTTER So was nennst du geheilt! *Sie stürmt im Zimmer*

auf und ab. Wie kann ich ihn so in den Tempel mitnehmen!

TOCHTER Judas Ischariot gefällt mir nicht mehr, seit er die Haare geschnitten hat.

TANTE MIRIAM Möchte noch jemand etwas Kuchen?

MUTTER Wir haben dich bis nach Jerusalem gebracht und unser gutes Geld für eins der besseren Hotels der Stadt ausgegeben, dann stehen wir zwei Nächte lang in einer Menge von stinkenden Bauerntrampeln, und kaum sind wir zu Hause, bist du immer noch ein total übergeschnappter, beknackter Irrer.

VATER Mutter.

MUTTER Ein wahnsinniger, hirnloser, sabbernder, fledermaussüchtiger Idiot!

VATER Aber, aber, Schatz.

MUTTER *inzwischen irr kreischend* Nur zu! Sei eine Fledermaus, wenn du das wirklich sein willst, oder sollen wir nochmals ein paar Tage im besten Hotel von Jerusalem absteigen und ihn bitten, dich in in ein Wiesel oder ein Kaninchen zu verwandeln – vielleicht wäre das für die Nachbarn nicht ganz so komisch! Oder ein Kamel oder ein Skorpion! AAArrrghhh!

Sie fällt zu Boden.

VATER Oh. Sieh nur, was du angerichtet hast, Paul, du hast deine Mutter umgebracht.

SOHN Oh, tut mir leid. *Pause.* Vati.

VATER Ja, mein Sohn.

SOHN Darf ich jetzt wieder auf den Schrank?

BRIAN BEGEGNET DEM PSYCHOPATHEN

PSYCHOPATH Können Sie ein paar Schekel erübrigen, Herr?

Brian Was?

Psychopath Könnten Sie ein paar Schekel erübrigen für einen bärenstarken jungen Psychopathen, Herr?

Brian Psychopath?

Psychopath Ja, Herr, einen armen, hünenhaften jungen Mann, fast völlig außerstande, seine mörderischen Triebe im Zaum zu halten, Herr. *Er verdreht die Augen.*

Brian Äh . . .

Psychopath *greift sich an die Stirn, als litte er unter Schmerzen* Oh! Oh!

Brian Was ist denn?

Psychopath Ich spüre, wie sie über mich kommt! Oje.

Brian Was denn?

Psychopath Diese sinnlose Gewalt. Ts. Schon wieder so ein furchtbarer Ausbruch im Anzug. Schnell! Geben Sie mir etwas Knete. Schnell! Das ist das einzige, was hilft.

Brian *zurückweichend* Äh . . .

Psychopath Oh! Da kommt der rote Dunst. Oh, Scheiße! Schnell, schnell!!!

Brian *gibt ihm eine Münze* Da. *Er rennt weg.*

Psychopath . . . Ach, Herr! Tut mir leid.

Brian Was?

Psychopath Das reicht nicht, tut mir wirklich leid. Das wird gar nichts nützen. Schnell, schnell! Geben Sie mir etwas mehr.

Brian Wieviel?

Psychopath Oh, das ist ein schlimmer. Sie geben mir am besten alles, was Sie haben; bei dem hier müssen wir auf Nummer sicher gehen.

Brian Äh . . .

Psychopath Es tut mir wirklich leid, daß gerade Sie so 'nen schlimmen erwischt haben. Geben Sie her. *Er nimmt Brian den Geldbeutel ab, in dem Brian herumwühlt, und hält ihn sich an die Stirn.* Oh! Ooooh! Oh, jetzt wird's mir ein paar Sekunden besser gehen, denk ich . . . Sie hauen am besten ab. *Brian zögert.* Hauen Sie ab, hauen Sie ab, Sie Narr, solange Sie noch können.

Brian verzieht sich etwas unwillig. Wie er sich ein Stück weit entfernt hat:

PSYCHOPATH He, Sie!
BRIAN Ja?
PSYCHOPATH Was haben Sie da am Handgelenk?
BRIAN *sieht seinen hübschen Zinnarmreif an* Das ist . . .
PSYCHOPATH *in Höllenqualen* OOOooooHHHHhhh!!

Brian macht kehrt und rennt weg, der Psychopath ihm dicht auf den Fersen.

PREDIGT ÜBER DIE SEXUALITÄT

BRIAN Selig sind . . . Verflucht sind . . .

Ein paar Köpfe wenden sich ihm zu. Zwei Römer sehen Brian nun mit einigem Interesse zu.

BRIAN . . . sind, die falschen Predigern ihr Ohr leihen . . . und dem guten Hirten kein Schaf mehr bringen wollen.
MOLLY Beischlaf erzwingen wollen?
BRIAN Was?
MOLLY Beischlaf erzwingen wollen???

Mehrere Köpfe drehen sich nach ihnen um.

BRIAN Nein.
MOLLY Ach.
BRIAN Kein Schaf mehr bringen wollen.
MOLLY Ach.

Sofort haben alle jegliches Interesse verloren.

BRIAN Und die ... *Jetzt geht ihm ein Licht auf.* Ja. Die Beischlaf erzwingen wollen. Genau. Beischlaf erzwingen, sag ich!

Mehrere Köpfe haben sich wieder gedreht, und ein, zwei Leute sind nähergetreten.

BRIAN Jawohl. Verflucht sind, die ihre Aufmerksamkeit unschuldigen, hilflosen Opfern aufzwingen und schmutzige Dinge tun, wenn sie etwa ihre ungezügelte Lust an leckeren sechzehnjährigen Skandinavierinnen ausleben.

Nun ist die Menge gebannt. Die Augen treten ihnen vor die Köpfe, und sie scharen sich um ihn.

MENGE Ja! Ja!

MOLLY Abscheulich.

BRIAN Meine Rede, gute Frau. Abscheulich.

MENGE Abscheulich.

BRIAN Absolut abscheulich! Aber ich werde mich nicht vor meiner Pflicht drücken, euch diese Dinge zu schildern, äh ... und zwar alle Einzelheiten! Das greuliche Zwicken und Zwacken straffer kleiner rosawarziger Brüste, die mit Öl geknetet werden ...

Zwei, drei Einstellungen von Leuten, die über den Platz auf Brian zueilen.

BRIAN Winzige dralle gänsehäutige Popos.

Schnelle Schnittfolge von Leuten, die über den Platz rennen, die Roben übers Knie hochgerafft.

BRIAN Schlimme, schlabbernde, große, haarige Geschlechtsteile!

Flugaufnahme von Leuten, die in gewaltiger Zahl auf Brian in der Mitte des Platzes zuschwärmen.

Brian Denn ICH BIN DER MEISTER, DER ES WAGT, DIE WAHRHEIT ZU LEHREN!!!

Die Menge applaudiert.

Brian DENN IHR HABT DAS RECHT ... UND DIE PFLICHT DIESE DINGE ZU WISSEN. Denn wenn ihr dieses Wissen nicht habt, wie könnt ihr dann entscheiden ... wie ihr ... äh ... strafen ... sollt.

Menge Strafen! Strafen!!! STRAFEN!!!!

Brian *merkt, daß er ins Schwarze getroffen hat* Oh! Strafen. O ja, strafen. Sie sollen bestraft werden, allerdings. Oh! was könnte ich euch nicht alles über diese Strafen erzählen ...

Schnitt zu einer Einstellung von Leuten, die aus ihren Häusern rennen und sich im Laufen ihre Kleider überziehen, während mehrere Gruppen in außergewöhnlichem Tempo um die Ecke biegen und auf den Platz eilen.

Im Hintergrund dieser rasenden Scharen sehen wir die anderen Meister, die verlassen und vereinsamt und verärgert dastehen. Die Römer, die mit den enormen Menschenmassen, die jetzt in Bewegung sind, nicht fertig werden können, beraten sich, zucken mit den Schultern und resignieren. Zwei der Meister beklagen sich bei den Römern, aber die können ihnen auch nicht helfen.

Brian Kleine, spitze Knochensplitter werden ihnen langsam die Nase hinaufgetrieben!

Riesenapplaus. Nahaufnahme von Brian, der nach etwas Ausschau hält und es dann erblickt. Von seinem Blickwinkel aus sehen wir einen Teil der Römer den Platz verlassen. Brian ist wachsam. Er blickt zur anderen Seite des Platzes hin. Wieder aus seinem Blickwinkel sehen wir weitere Römer abziehen. Brian entspannt sich und sieht nun die Menschenmassen mit neuen Augen. Sie haben ihm geholfen. Jetzt braucht er sie nicht mehr. Ihr hysterischer Beifall ist erstorben.

EDDIE Sag uns deinen Namen, Meister.

MENGE Sag uns deinen Namen. Meister. Sag uns deinen Namen!!!!

BRIAN Ich ... ich bin Brian von Nazareth.

MENGE Brian von Nazareth! Brian von Nazareth!

EDDIE Wie werden wir ewiges Leben erlangen?

BRIAN Die Zeit ist noch nicht reif ... äh ...

EDDIE Wann wird es soweit sein, Meister?

BRIAN Äh ...

EDDIE Wann, Meister, wann?

BRIAN Nun ja ...

MENGE Sag's uns, Meister. Wann? Wann? Wann wird es sein? Sag's uns, Meister.

BRIAN Oh, vermutlich ... Anfang nächster Woche.

MENGE Wann!!? Wann??? Wann!!!???

BRIAN Äh ... Dienstag!!!

EDDIE Paßt es irgend jemandem nicht am Dienstag? Wie ist es am Dienstag für euch, Leute?

HARRY Vor- oder Nachmittag?

GEOFF Der Vormittag wäre für mich schwierig.

KEITH Nachmittags würd ich's schaffen.

LARRY Früher Nachmittag.

FRED Mir paßt's am Nachmittag nicht. Der Vormittag ginge.

EDDIE Wie wär's in der Mittagspause?

LARRY Gut.

GEOFF Das kommt hin.

FRED Dienstag mittag.

MENGE Schön. Dienstag mittag also. Prima. O. K. Sehen wir uns dann wieder.

Die Menge wendet sich wieder Brian zu. Der ist inzwischen natürlich verduftet. Alle suchen nach ihm.

MENGE *schnappt nach Luft* Keuch . . .
EDDIE Er ist verschwunden.
FRED Ein Wunder!!!
MENGE Ein Wunder! EIN WUNDER!!!

Brian steht am Rande der Menge, ohne Rauschebart, und sieht aus wie jeder andere.

BRIAN Er ist aufgefahren.
MENGE Aufgefahren. Aufgefahren!! ER IST AUFGEFAHREN.

Die Menge sinkt wie ein Mann auf die Knie, und Brian schleicht auf Zehenspitzen davon. Er erreicht die Ecke des Platzes. Dann wirft er einen Blick zurück. Ein kleines Kind steht da und reicht ihm seine Kürbisflasche.

KIND Ihre Kürbisflasche, Herr.

Brian zuckt gewaltig zusammen.

STIMMEN IM OFF Die Kürbisflasche ist auch aufgefahren! Noch ein Wunder!!!

SOLIDARITÄT

REG *laut flüsternd* Du zählst zu den unseren?
BRIAN *in ebenso sicherheitsbewußtem Bühnenflüstern* Jawohl.
REG Du bist dir der Gefahr bewußt, heute hierher zu kommen . . .?
BRIAN Ja. Ich hasse die Römer und alles Römische genau wie ihr.
FRANCIS Na ja . . . hassen ist ein etwas hartes Wort . . .
STAN Ich würde auch nicht sagen, daß wir sie hassen. Das wäre eine grobe Verallgemeinerung.

REG Aber hassen tun wir sie doch, oder etwa nicht?

FRANCIS Na ja, mögen tun wir sie jedenfalls nicht.

REG Sag ich ja.

FRANCIS Na ja ... das ist nicht ganz dasselbe. Jemanden »nicht mögen« ist nicht dasselbe, wie wenn man jemanden so richtig haßt. Ich meine, ich kann mir vorstellen, daß ich einzelne Römer vielleicht sogar mögen könnte ...

STAN Ist »mögen« da das richtige Wort? Ist es nicht eher ein ... »Bewundern«?

FRANCIS Bewundern, genau.

STAN Ich bewundere so manches, was sie geleistet haben ...

Zustimmendes Gemurmel.

STIMME Stürzen wir die Römer!

ANDERE STIMME Irgendwann mal.

STIMMEN Ja ... irgendwann mal. Irgendwann mal werden wir die Römer stürzen.

FRANCIS Na ja, nicht unbedingt »stürzen«.

STAN Ja, das wäre vielleicht etwas zu heftig. Ich bin dafür, daß wir sie ärgern!

STIMMEN Ja. Ärgern wir die Römer ... irgendwann mal.

STIMME Die fiesen Römer.

STAN Ja, nur die fiesen Römer, und ich finde, ärgern geht etwas zu weit.

FRANCIS Wir könnten zu ihnen kurz angebunden sein.

STIMME Ja, laßt uns zu den Römern kurz angebunden sein.

STAN Zu den fiesen Römern.

STIMMEN Ja ... ja ... zu den netten nicht.

REG *streckt seine Arme hoch* Schon gut! Schon gut! Wir sind uns darüber einig, vom heutigen Tage an alles zu tun, was in unserer Macht steht, um ...

STAN Gelegentlich.

REG ... um gelegentlich nur zu den fiesen Römern kurz angebunden zu sein.

STAN Und die netten Römer zu unterstützen.

REG Und die netten Römer zu unterstützen.

STIMME Unterstützen wir die netten Römer!

STIMMEN Unterstützen wir die netten Römer! Unterstützen wir die netten Römer!

REG *wendet sich Brian zu* Willst du dich unserem Kampf anschließen? Wir brauchen – wo ist er hin?

Von Brian fehlt jede Spur.

BRIAN AUF DEM BERGE

Eine Menge Leute sitzen auf der Spitze des Berges und warten darauf, daß etwas passiert. In den vorderen Reihen steht ein Mann auf und wendet sich an das Publikum:

MANN Danke schön, vielen Dank allerseits. Darf ich um Ihre Aufmerksamkeit bitten. Bevor ich dem Hauptredner das Wort erteile, möchte ich selbst noch ein paar Worte verlieren. Zuallererst möchte ich Ihnen sagen, wie sehr wir uns freuen, daß Sie hier heute so zahlreich erschienen sind. Einen Anlaß dieser Art zu organisieren ist aufwendig und zeitraubend, und es ist immer schön zu sehen, daß sich die Mühe gelohnt hat.

Einige verächtliche Furzgeräusche aus der Menge.

MANN Zweitens hat mich Herr Papadopoulos, der uns freundlicherweise den Berg für den Nachmittag vermietet hat, gebeten, Sie zu bitten, den Berg so zu verlassen, wie Sie ihn vorgefunden haben, da er ihn heute abend noch selber brauchen wird.

MENGE Hinsetzen!

MANN Ruhe bitte. Drittens . . .

MENGE Hinsetzen.

MANN Hat mich Herr Papadopoulos ebenfalls gebeten, Sie an unsere Regelung bezüglich der Rückstände der Esel zu erinnern.

MENGE Ach, halt die Klappe.

MANN Würden Sie sich bitte alle bemühen, das Zeug etwas zu verteilen und es nicht auf einem großen Haufen liegen zu lassen wie letztes Mal.

MENGE Maul halten. Hinsetzen.

MANN Nun, ich sehe, Sie können es kaum noch erwarten, unseren Nachmittagsgast kennenzulernen. Er kommt, soweit ich weiß, aus Nazareth, und so präsentiere ich Ihnen . . . BRIAN COHEN!!

Nach dem Auftritt, in der Garderobe. Von draußen ist Hurragebrüll zu hören. Brian wird auf den Schultern seiner vier Kürbisflaschenträger im Triumphzug hereingetragen. Sie setzen ihn in einen großen Sessel, und die Jünger scharen sich um ihn. Cheryl beginnt, seine Füße zu salben, und Karen flicht ihm einen Kranz.

BRIAN Na, was meint ihr?

REG Hervorragend, Meister.

FRANCIS Es war großartig.

CHERYL Du warst göttlich.

HUGH Du hast sie umgehauen, Meister.

BRIAN Echt?

REG Natürlich. Hör doch.

JUDITH Du warst wunderbar.

BRIAN Ach nein.

JUDITH Doch, warst du.

BRIAN Nein, wirklich, das eine Gleichnis habe ich doch voll verhauen.

REG Ich hab nichts gemerkt. Mußt du gleich überspielt haben.

FRANCIS Wir haben was gemerkt, weil wir's halt kennen, aber –

JUDITH Sonst hat das kein Schwein mitgekriegt.

HUGH Ich war draußen in der Menge, dort hat's keiner gerafft.

REG Und danach hast du ja bestens die Kurve gekriegt.

KAREN Und du hast spitzenmäßig ausgesehen.

BRIAN He, und was war mit dem Ding, das ich so grauenvoll verbockt hab?

FRANCIS Ach, du meinst, wo du gesagt hast, eher solle man eine Nadel durch ein Kamelohr stecken ... na ja.

JUDITH Es gab einen Lacher.

BRIAN Dann hab ich ja noch mal Schwein gehabt.

REG Schon, aber du hast auch was draus gemacht, du bist mitgegangen.

FRANCIS Ja, das sollten wir beibehalten, ein schöner Einfall.

JUDITH Und dann bist du ja sofort gegen die Reichen losgezogen.

REG Prachtvoll – du hast die ja so was von in die Pfanne gehauen.

FRANCIS In der Luft zerrissen.

HUGH Ich sag's ja, all das Zeug über Armut ist Gold wert.

REG Nur eins – ich weiß, du wolltest ja den Gedanken der Toleranz nur mal ausprobieren ...

FRANCIS Der ist ganz interessant.

JUDITH Es funktioniert nicht.

REG Nein, stimmt.

HUGH Ich glaube, das ist denen zu hoch. Und die andere Backe darbieten ... das ist alles schon mal dagewesen.

REG Tatsächlich?

FRANCIS Ja, wirklich. Das muß weg.

HUGH Das hat ja eh' keinen richtigen Aufbau.

FRANCIS *zu Reg* Und du hattest recht, es braucht keinen Song.

BRIAN Einen Song.

FRANCIS Das war ein hübscher Einfall, aber du brauchst das nicht, der Schluß wirkt nett und natürlich.

REG So daß sie gern noch mehr hören würden.

FRANCIS Nicht eben spektakulär, aber es kommt an.

BRIAN *für sich* Ein Song.

Brian reagiert nun auf die anderen Leute, die sich um ihn scharen. Eine Frau begrabscht ihn beharrlich, und eine andere Frau streckt ihm ein Baby entgegen.

BRIAN Hört mal, bitte!

HUGH Tut mir leid, unser Erlöser muß sich jetzt ausruhen, tut mir leid. *Er stößt sie zurück.*

FRAU Könnte er wenigstens das Kind berühren?

REG Meister, nur das eine hier, liegt das drin?

BRIAN Na schön, meinetwegen. *Er berührt es.* Da, bitte.

FRAU Oh, danke schön.

BRIAN Keine Ursache, gern geschehen.

FRANCIS Entschuldigen Sie, wo wollen Sie mit dem Stroh hin?

STROHKLAU Das sind nur die Halme, die der Erlöser berührt hat.

FRANCIS Leg sie wieder hin.

STROHKLAU Die sind nicht für mich, die sind für meine Tochter.

FRANCIS Eine Handvoll, mehr kriegst du nicht.

REG Hören Sie auf, dem Erlöser mit diesem Baby unter der Nase rumzufuchteln, er hat es bereits berührt. Los, los.

HUGH Alle raus.

Brian schreit: »Aua!« Ein Mädchen hat ihm eine gewaltige Locke vom Kopf geschnitten.

BRIAN Hau ab.
MÄDCHEN Ich wollte bloß eine Locke.
BRIAN Das hat wehgetan!
REG Eine Locke! Du hast ihn zwanzig Jahre älter gemacht!
FRANCIS Sieh doch, jetzt ist er ganz schief.
BRIAN Was soll das, so viel zu nehmen?
MÄDCHEN Wir sind eben zu zwölft.
REG Stell dir vor, jeder würde ihm irgendwas abschneiden, na?
MÄDCHEN 'tschuldigung.
REG Und jetzt raus. Los. Raus!

Draußen vor der Tür. Es ist ein bißchen wie nach einem Popkonzert. Zwei, drei der Jünger versperren den Zutritt. Die Leute versuchen, reinzudrängeln. Levy bearbeitet einen der Jünger, der direkt innerhalb der Tür steht.

LEVY Er soll mir nur zwanzig Minuten gewähren. Es ist ganz einfach. Wir kaufen ein verschuldetes Unternehmen, dann wird der Gewinn automatisch steuerfrei ... am Ende des Geschäftsjahrs kann er mit dem Gewinn machen, was er will – ihn unter die Armen verteilen oder wieder investieren, um noch mehr Gewinn zu machen, aber das Einfache dabei ist, daß man keine Steuern zahlt.
JÜNGER Schön.
LEVY Und es ist legal. Na ja, so ungefähr. Man bewegt sich da in einer Grauzone.
JÜNGER Wir werden's ihm bestellen.

LEVY Es ist ein ausgezeichnetes Geschäft. Wir müssen es bloß unter einem anderen Namen abwickeln.

JÜNGER *schiebt ihn hinaus* Vielen Dank.

STIMME AUS DER MENGE Will er für Fische werben?

JÜNGER Nein, nein, wir machen keine Werbung.

LEVY Es ist hoffnungslos, sie haben überhaupt keinen Geschäftssinn.

MÄDCHEN He, können wir reinkommen?

JÜNGER Tut mir leid, Schätzchen, es ist rappelvoll.

MÄDCHEN Oh, bitte, kannst du mich und die da reinlassen?

JÜNGER Ehrlich, da drin kann man kaum atmen.

MÄDCHEN Bitte. Wir wollen ihn nur anfassen.

Über ihre Köpfe hinweg wird aus der Menge ein Gewand gereicht.

STIMME Reicht ihm das, damit er es berührt. Es gehört einem Leprösen.

MÄDCHEN Los, mach schon. Wir sind eigens den weiten Weg von Damaskus hergekommen, wir lieben ihn wirklich, nicht wahr, Daph?

DAPHNE Ja. Kennst du das über den Verlorenen Sohn?

JÜNGER Ja.

MÄDCHEN Das ist ihr Lieblingsstück, sie kennt es auswendig.

Ein Mann beginnt sich durchzudrängeln.

JÜNGER Na na na na. Wo wollen Sie denn hin?

SIMON Gehören Sie zum Personal?

JÜNGER Ich bin ein Jünger.

SIMON Ah, guten Tag. Ich bin Simon, Sohn des Nephta. Ich bin natürlich ein großer Bewunderer seiner Arbeit, wie wir alle. Die Frage ist, wäre er am dreiundzwanzigsten für eine Wohltätigkeitsveranstaltung zu haben?

JÜNGER Er macht bei keinen Wohltätigkeitsveranstaltungen mit.

SIMON Hören Sie doch, es ist für einen guten Zweck – der König wird da sein.

JÜNGER Er macht so was nicht.

SIMON Die Spesen würden ihm vergütet, selbstverständlich – wir zahlen ihm einen Esel hin und zurück.

JÜNGER Er hat keine Zeit.

SIMON Hören Sie, vielleicht haben Sie mich nicht verstanden. Also: Seit Jahren organisiere ich diese Wohltätigkeitsgeschichte. Die kommt sehr gut an. Sie findet bei Herodes statt, da kommen alle hin. Salome ist auch wieder dabei, sie hat sich bereit erklärt zu tanzen, und jetzt brauchen wir noch einen Zauberer.

JÜNGER Er ist kein Zauberer.

SIMON Na ja, einen, der so Tricks macht, Sie wissen schon. Wasser in Wein verwandeln und so.

JÜNGER Tut mir leid, kommt nicht in Frage.

SIMON Er muß nicht mit den Musikern essen, er kann mit uns essen.

JÜNGER Es geht nicht darum, wo er ißt.

SIMON Hören Sie, es ist doch für eine gute Sache, verdammt noch mal, dafür geben viele Leute ihre Freizeit her. Herodes wird auch da sein.

JÜNGER Tut mir leid, er ist nicht besonders herodesfreundlich.

SIMON Na schön, dann werden wir eben Johannes den Täufer anfragen müssen.

Von drinnen hört man großes Geschrei und ein Geräusch, als würde was zerreißen.

JÜNGER Herrgott noch mal, jetzt haben sie das scheiß Dach abgerissen.

Er stürmt durch eine Innentür; wir folgen ihm. Eben wird eine sehr dicke Frau in einer Sänfte von ihren Sklaven durch das Dach herabgelassen.

GATTE *schreit durch das Loch im Dach* Sie hat Kopfschmerzen, und es eilt.

DER HEILIGE GEIST PERSÖNLICH

SOLLY Was soll das heißen, der Heilige Geist?

SARAH Ich sagte, der Heilige Geist war's.

SOLLY Er hat dir ein Brot in den Ofen geschoben, der Heilige Geist?

SARAH Genau.

SOLLY Ich soll dir abkaufen, daß der Heilige Geist im Himmel droben eine Nacht freigenommen hat, um an die Schafsgasse 42 runterzukommen und mit dir eine Nummer zu schieben.

SARAH Genau.

SOLLY Damit ich das auch richtig verstehe – der Geistige Herrscher des gesamten Universums fühlt sich ein bißchen rammlig und hat Lust, nach Bethlehem zu fahren, also manifestiert er sich, kommt runter und schlüpft mit dir in die Falle.

SARAH Genau.

SOLLY Wie schön. Zwei Jahre lang läßt du mich keinen Zentimeter an dich ran, aber im Handumdrehen stellst du die Haxen auf für irgend so einen scheiß Erzengel.

SARAH Er ist kein scheiß Erzengel, er ist der Heilige Geist.

SOLLY Ach ja – der Heilige Geist steigt zu dir ins Bett, und schon heißt's runter mit den Laken und ran an die

Bouletten. Wenn ich es bin, heißt's nein, erst wenn wir verheiratet sind, wir müssen es uns aufsparen, es ist so kostbar.

SARAH Das stimmt auch.

SOLLY Es ist so scheiß kostbar, daß du's jedem stierigen kleinen Poltergeist nachschmeißt, der an die Schlafzimmertür klopft.

SARAH Nur dem einen.

SOLLY Aha, nur dem einen. 'tschuldigung, nicht der ganzen Dreifaltigkeit. Drei Personen in einem Bett, nein; nur ein steiler kleiner Seraph aufs Mal. Sorry, Solly, ich laß mir nur von Cherubim die Kerbe spalten.

SARAH Ich konnt ihn doch nicht abweisen; er ist der Heilige Geist.

SOLLY Wie sah er denn aus, hat er seinen Kopf unter dem Arm getragen?

SARAH Er ist nicht die Sorte Geist.

SOLLY Wie soll ich denn wissen, welche Sorte Geist er ist, ich war mit so was ja noch nie im Bett. Handball ist das einzige, was ich seit zwei Jahren kriege, aber du nicht, du schmeißt die Beine in die Luft und läßt dich von himmlischen Besuchern pimpern.

SARAH Es war rein geistig.

SOLLY Wenn es so rein geistig war, wieso hat er dir dann die Schublade vollgepackt?

SARAH Das ist ein Segen.

SOLLY Soweit ich feststellen kann, ist er nicht dageblieben, um den Segen abzuwarten. Oh, nein, er ist viel zu sehr damit beschäftigt, seinen heiligen Docht in die Öllampen törichter Jungfrauen einzufädeln. Ich meine, ehrlich gesagt, wenn der Heilige Geist schon umherzieht und die halbe Welt niederrüsselt, dann könnte er wenigstens in der Nähe bleiben, bis seine Sprößlinge aus dem Krippenalter raus sind.

SARAH Er sagte, ich solle dir alles erzählen, du würdest es schon verstehen und mich heiraten.

SOLLY Alles klar. Alles klar. Meine Traumfrau ist also eine, die sich langlegt für jeden leichtlebigen Luftgeist, der mit den scharfen Hennen der Geisterwelt zu Schacht fahren will.

SARAH Er war doch der Heilige Geist.

SOLLY Von mir aus kann er der gesamte Heilige Chor der Unsichtbaren sein. Ich will nicht, daß irgendwelche brünstigen Gespenster in meinem Bett ihren Hanswurst ausfahren.

SARAH Er war so was von nett. Er sagte, ich dürfe Brian zu ihm sagen.

SOLLY Brian.

SARAH Ja.

SOLLY Brian, der Heilige Geist.

SARAH Ja.

SOLLY Und kannst du dich erinnern, daß in zweitausend Jahren Heiliger Schrift vom Heiligen Geist jemals unter dem Namen Brian die Rede gewesen wäre?

SARAH Ähm, nein.

SOLLY Es ist dir also nie in den Sinn gekommen, daß dieser schlüpfrige Schutzengel, dieses forsche Phantom mit dem offenen Hosenstall vielleicht nicht ein Mitglied der himmlischen Heerscharen mit Feuer im Schwanz ist, sondern irgendein ganz gewöhnlicher Sterblicher mit flinkem Mundwerk und einer Schwäche für Betthupfer mit Milchzähnen.

SARAH Ich hatte das doch noch nie gemacht.

SOLLY Ich fürchte, meine Liebe, du bist auf einen uralten Trick reingefallen.

Pause.

SARAH Soll ich dir zeigen, was er gemacht hat?

SOLLY Was?
SARAH Soll ich dir zeigen, was er mir beigebracht hat?
SOLLY Was, samt und sonders? Hinten und vorn?
SARAH Noch schwangerer kann ich ja nicht werden.
SOLLY Stimmt.
SARAH Einer muß ja der zweite sein.
SOLLY Allerdings.
SARAH Es ist echt schön.
SOLLY Also gut.
SARAH Ehrlich gesagt, so scharf war ich gar nicht auf ihn.
SOLLY Nein?
SARAH Nein, sein Ding war nicht sehr groß.
SOLLY Das soll doch nichts ausmachen.
SARAH Ich weiß schon. Aber es hilft.

DICKE NASEN

Ein stattliches Haus an einem Hügel. Draußen auf der Veranda liegt Gregory mit verbundener Nase auf einem Divan. Seine Frau hält sich in der Nähe auf. Zwei Freunde, Herr und Frau Levi, sitzen da mit einem Kelch in der Hand.

Herr Levi ist sehr feist und faul. Ein langer, heißer Sommertag neigt sich seinem Ende zu. Im Laufe dieser Szene sehen wir im Hintergrund eine Wagenladung von Männern mit dicken Nasen den Hügel heran zur Villa fahren.

GREGORY Mir egal, was du sagst, Schatz, sie fühlt sich jedenfalls an, als sei sie gebrochen.
GREGORYS FRAU Auf keinen Fall ist die gebrochen.
GREGORY Er hat unglaublich hart zugeschlagen.
GREGORYS FRAU Wenn deine Nase gebrochen wäre, könntest du sie überhaupt nicht bewegen.

GREGORY Sie tut scheußlich weh.

FRAU LEVI Eine gebrochene Nase hat doch irgendwie etwas furchtbar Männliches an sich, finden Sie nicht?

HERR LEVI Der Bursche hat Sie also gewissermaßen einfach geschlagen, wie?

GREGORY Ja . . . Ich hab mich bloß umgedreht, und schon schlägt er mich äußerst heftig vorn auf die Nase.

GREGORYS FRAU Er war kein besonders . . . besonders netter Typ Mann. Ein ganz anderer Schlag als unsereins.

HERR LEVI Nein . . . nein . . . Na ja, bei solchen Versammlungen trifft man ja allerlei.

GREGORYS FRAU Ja . . . wie wahr.

HERR LEVI Ich finde, Papadopoulos hätte den Berg gar nicht erst vermieten sollen.

Diener kommen mit dem Essen: Große Schüsseln Reis.

GREORYS FRAU Ah!

Das Essen wird aufgetischt.

GREGORYS FRAU Ich hoffe, Sie mögen Reis?

HERR LEVI Kommt auf die Zubereitung an.

GREGORYS FRAU Ich finde, das Schöne daran ist, daß man immer wieder darauf zurückgreifen kann.

HERR LEVI *beäugt argwöhnisch den Reis* Ja . . . wenn er richtig zubereitet ist.

GREGORYS FRAU *Reis schöpfend* Ich liebe ihn einfach so, für sich. Manche Leute ziehen es vor, etwas dazu zu kochen, oder Fleisch oder eine Tunke darüberzugeben, aber für mich ist das eine schreckliche Verschwendung. Ich esse Reis am liebsten einfach kalt und trocken.

HERR LEVI Die wollten mein Feld benützen, müssen Sie wissen.

GREGORYS FRAU Reis?

Herr Levi Danke.

Gregorys Frau Ach, wirklich?

Herr Levy Das hab ich ihnen natürlich nicht erlaubt. Ich hab sie zum alten Papadopoulos geschickt. Ich lasse doch nicht ganze Herden irrer Evangeliker auf meinem Feld rumtrampeln . . . und in Anbetracht des Vorgefallenen *zeigt auf Gregory* bin ich sehr froh.

Gregory Oh, meine Nase . . . ich möchte sie schneuzen, aber ich kann nicht.

Herr Levi Ist es auf dem Berg zu vielen Gewalttätigkeiten gekommen?

Gregorys Frau Nein. Das war der einzige Fall.

Herr Levi Sehen Sie, das Problem ist doch, daß sobald eine große Menschenmenge zusammenkommt, es immer ein paar Kerle gibt, die es einfach nicht lassen können.

Frau Levi Einander berühren, ihre Körper befühlen . . .

Herr Levi Miriam! *Sie hört auf.* Und eh man sich's versieht, fließt überall Blut, die Leute hacken aufeinander ein . . . und da behauptet dieser Jesus, ein Mann des Friedens zu sein . . . ha!

Gregorys Frau Mir scheint er ein sehr angenehmer Mensch . . . noch etwas Reis?

Herr Levi Nein danke, ich fand den schon widerlich.

Gregorys Frau Ich habe festgestellt, daß ich mit manchem, was er sagt, ganz einverstanden bin.

Gregory Haatschiiaauaaa o Gott!

Herr Levi Sie, Mary, mit ihrer Bildung? Da bin ich aber überrascht.

Gregorys Frau Er hat etwas rührend Schlichtes an sich. Ich finde »Selig sind, die ein Kleid tragen« wirklich recht ergreifend. Das ist wie bei den Trantütigen . . .

Herr Levi Was?

Gregorys Frau Das ist ein Symbol. Bei ihm geht es nicht

nur um die eine offensichtliche Ebene. Wenn er über die Trantütigen spricht, dann meint er nicht wörtlich Leute, die Trantüten sind, sondern er meint ...

Krach. Die Türflügel fliegen schwerfällig auf und stoßen an einen Stuhl, der an ein Regal stößt, auf dem ein Topf steht. Der Topf fällt auf Gregory, der in Höllenpein auf seinem Divan liegt. Er kreischt stumm auf. Der Zenturion tritt auf.

ZENTURIO Oh, Verzeihung.
FRAU LEVI Ein Mann in Uniform!
ZENTURIO Ich habe draußen 30 Männer mit dicken Nasen, Herr.
FRAU LEVI Oh! *Sie ist einer Ohnmacht nahe.*
HERR LEVI Miriam!
GREGORYS FRAU Wir sind mitten in einer Mahlzeit.
ZENTURIO Gnädige Frau, der Herr Friedensrichter *er zeigt auf die sich windende Gestalt Gregorys auf dem Divan* hat mich nun mal gebeten, Verdächtige festzunehmen, im Zusammenhang mit dieser Anklage auf Körperverletzung als Folge der Vorfälle heute nachmittag auf dem Berg.
GREGORYS FRAU *blickt auf ihren Mann* Mein Mann ist im Augenblick außerstande, sich 30 Männer mit dicken Nasen anzusehen.
FRAU LEVI Oh!
HERR LEVI Miriam, nicht schon wieder, bitte.
GREGORY Doch ... ich will sie sehen.
FRAU LEVI 30 Männer.
HERR LEVI Ich werde sie nach Hause bringen müssen.
GREGORYS FRAU Ach, bitte bleiben Sie doch und nehmen Sie noch etwas Reis.
HERR LEVI Nein, wenn sie weiß, daß 30 Männer mit

dicken Nasen im Haus sind, wird das für sie zu einer großen Belastung.

GREGORYS FRAU Gregory, warum kannst du sie nicht morgen früh sehen. Bitte bleiben Sie.

HERR LEVI Nein, nein, wir werden durch den Garten hinausgehen, dann muß sie sie nicht sehen.

FRAU LEVI Rosige, fleischige Nasen, sie ragen hervor, wenden sich mir zu, recken sich mir gierig entgegen.

HERR LEVI Sie sehen, was ich meine. Komm schon, Schatz, vielen Dank für den entsetzlichen Reis.

FRAU LEVI 30 Männer mit dicken Nasen . . .

HERR LEVI Komm jetzt . . . komm.

FRAU LEVI Das Gefühl von 30 Nasen . . . starken, strammen . . . männlichen Nasen . . . die mich stupsen . . . mich stoßen . . . gegen meinen Busen puffen . . .

Sie gehen hinaus durch den Garten.

MONTY PYTHON, »die Beatles der Komik«, bestanden aus Graham Chapman (8.1.1941 – 4.10.1989), John Cleese (*27.10.1939 Weston-super-Mare), Terry Gilliam (*22.11.1940 Minneapolis / Minnesota), Eric Idle (*29.3.1943 South Shields), Terry Jones (*1.2.1942 Colwyn Bay / North Wales), Michael Palin (*5.5.1943 Sheffield / Yorkshire) und begründeten mit ihrem Fernsehprogramm *Monty Python's Flying Circus* Ende der sechziger Jahre eine neue Art von Komik, in der sich gelehrteste Anspielungen mit bodenlosen Scherzen und gezielten Geschmacklosigkeiten verbanden. Zwischen 1969 und 1974 entstanden vier Serien mit insgesamt 45 Folgen. 1971 kam *And Now For Something Completely Different*, ein Film mit einigen der besten Nummern, die fürs Kino neu aufgenommen wurden. Der erste richtige Kinofilm war *Monty Python and the Holy Grail* (1974), es folgten *The Life of Brian* (1979), *Monty Python Live at the Hollywood Bowl* (1982) und *The Meaning of Life* (1984). Ende der siebziger Jahre wandten sich die verschiedenen Python-Mitglieder vermehrt eigenen Projekten zu. Terry Gilliam drehte vor allem Filme: *Jabberwocky* (1977) – *Time Bandits* (1981) – *Brazil* (1985) – *The Adventures of Baron Münchhausen* (1988) – *The Fisher King* (1991); Terry Jones schrieb mehrere Kinderbücher, eine wissenschaftliche Arbeit über den Ritter bei Chaucer und führte Regie u.a. bei der Verfilmung seines eigenen Stoffs *Erik the Viking* (1989); John Cleese schrieb zusammen mit Connie Booth die Fernsehserie *Fawlty Towers* (1975 und 1979) und mit Charles Crichton den Film *A Fish Called Wanda* (1988); Eric Idle schrieb die Serie *Rutland Weekend Television* (1975 und 1976), die Parodie auf einen Beatles-Dokumentarfilm *The Rutles* (1978) und zwei Theaterstücke und trat als Schauspieler in Erscheinung; Graham Chapman schrieb *A Liar's Autobiography* (1980) und das Drehbuch zu *Yellowbeard* (1983), in dem er auch die Hauptrolle spielte; Michael Palin schrieb mehrere Kinderbücher, zusammen mit Terry Jones die Serie *Ripping Yarns* (1977 und 1979) und spielte in verschiedenen Filmen mit z.B. in *The Missionary* (1982) und *A Private Function* (1985).
Im Haffmans Verlag erschienen: Monty Python, *Das Leben Brians* (1992) – John Cleese & Charles Crichton, *Ein Fisch namens Wanda* (1989); außerdem immer mal wieder Beiträge im Magazin für jede Art von Literatur *Der Rabe* (seit 1984). In Vorbereitung sind zunächst sämtliche Monty-Python-Fernseh-Sketches, *Der Sinn des Lebens, Fawlty Towers* von John Cleese und Connie Booth und der Kinderroman von Terry Jones *Nicobobinus*, neu illustriert von Tatjana Hauptmann.